선유

사 랑 을 앓 고
사 랑 을 읽 고
사 랑 을 씁 니 다.

가시리

가시리

높고 고운 사랑노래

선유 장편소설

황소자리

삶이 참혹할 때 노래는 더 빛난다고 했던가요.

학창시절, 높고 고운 노래[高麗歌謠]를 접하자마자, 간절함 아래 흐르는 짙은 슬픔에 마음을 빼앗겼었죠. 고저도 만들고 장단도 넣어, 그 사랑의 시작부터 끝을 읊고 싶었어요.

그땐 삶도 문장도 서툴기만 하여 공책에 노랫말을 옮겨 적곤 서랍 깊숙이 넣어뒀지요. 지금도 그 영혼들의 상처를 어루만질 만큼 충분히 성숙했다 자신하긴 어려워요. 그 노래를 살아낸 사람만이 고통의 바닥과 환희의 별에 닿을 거니까요.

잃고 떠나고 지우고 파묻고 뿌리치며 여기까지 왔어요. 더 미루면 영영 그 노래들을 이야기하지 못할 듯싶어, 용기를 냈습니다. 750년 전 이야기예요. 백 년도 못 사는 인간에겐 먼 옛날이지요. 대부분은 파괴되고 잊혔습니다. 그러나 높고 아름다운 노래 몇몇이 남아, 그 시절의 벅찬 만남과 쓰라린 이별을 들려줍니다. 천 년 전이든 만 년 전이든, 인간은 사랑하기 위해, 그 사랑을 기억하기 위해 지구별에 태어났지요.

노래들도 흩어지고 사라져요. 노래를 만든 작곡인(作曲人)도, 그 노래를 부른 가인(歌人)도, 노래를 연주한 악공(樂工)도, 노래에 맞춰 춤춘 무인(舞人)도 저마다의 인생을 살다 죽습니다. 그들이 흙으로 돌아갈 때 많은 노래도 함께 영원히 멈췄어요. 하지만 아주 적은 수의 노래는 만들고 부르고 연주하고 춤추던 이들이 사라진 뒤에도 살아남아 널리널리 불려요. 그 노래를 들은 이들이 저마다의 목소리로 다시 외워 부르는 방식입니다. 노래를 꼭 기억해야 할 까닭을 앞뒤에 아린 이야기로 보탭니다.

이 노래들을 아끼는 제 마음을 이야기로 풀어보았어요. 750년 전 영혼들과의 중창(重唱)으로 들렸으면 합니다. 전적으로 옛 이야기에 기댄 것이 아니라, 2017년까지 살아낸 제

삶의 경험도 소리로 담겼습니다. 함께 노래할 근거는 두 가지죠. 이 사랑노래들을 아낀다는 것 그리고 노래의 주인공들만큼 사랑하며 살고 싶다는 것.

〈가시리〉를 읽는 독자들도 다정한 마음으로 이 특별한 중창에 합류하셨으면 좋겠어요.

2017년 늦가을

당신의 손을 잡으며,

선유

차례

작가의 말 5

1 서경별곡   011

2 가시리   043

3 정석가   083

4 청산별곡   129

5 한림별곡   173

6 만전춘별사   233

서경별곡

강화경에서 삼별초의 이동경로

왕과 귀족들이 제국의 힘에 굴복한 후 삼별초와 백성들은 남쪽으로 내려가 항쟁을 계속하기로 한다. 1270년 6월 초, 그들은 일천 여 척의 배를 나눠 타고 강화경을 떠난다.

아청(鴉靑)은 보름 동안 말문을 닫았다. 보름이면 둥근 달이 일그러져 완전한 어둠에 잠기고도 남았다. 예정된 공연이 없더라도 방상(坊廂)*의 연습실에서 늦은 밤까지 노래하던 그녀였다. 백 번 부르면 백 번이 제각각인 때문일까. 방상의 마당엔 늘 차이를 즐기는 사람들로 들끓었다. 바닥과 천장과 벽을 울리던 목소리가 사라진 연습실은 연습실 같지 않았다. 어쩌면 늪, 차라리 무덤에 가까웠다.

1270년 4월 마지막 날 아비 고음(考音)의 장례를 치렀다. 고음의 제자이기도 한 으뜸 악공은 충분히 쉰 후 나와도 좋다고 했다. 아청은 장례가 끝난 뒤 유품을 정리하기 위해 서재로 들어갔다. 하루 동안 서재를 정리하고 다음날부턴 연습실로 가서 별곡 몇 자락에 슬픔을 털어낼 생각이었다. 사방 벽

---

* 고려시대 악사들이 소속되어 있던 기관.

에 가득 쌓인 종이 뭉치를 보는 순간, 사나흘 고생을 더 하겠거니 여겼다. 보름이나 볕이 들지 않는 낡은 서재에 틀어박힐 줄은 몰랐다.

강화경(江華京, 강화도)에서 가인(歌人) 아청을 아끼는 대부분의 사람들은 그녀가 침묵한 기간을 슬픔의 밀도와 연결시켰다. 애도의 낡은 틀에 갇히지 않고 서재로 찾아온 이는 오랜 벗을 자처한 두 사내뿐이었다.

그들은 아청이 보름째 방상에 나오지 않았다는 사실을 확인한 후 곧장 길을 나섰다. 고음의 거문고와 아청의 노래를 아낀 왕은 궁에서 가장 가까운 언덕의 기와집을 부녀에게 하사했다. 고음은 이마를 땅에 붙인 채 감사인사를 올렸다. 그러나 그는 언덕 집에 차오르는 부요(富饒)함을 경계하며 바닷가에 따로 묻혀 지낼 집을 지었다. 그믐과 같은 집이라고도 했다. 사내들은 미리 연락을 넣지도 않고 바닷가 집으로 향했다. 홀로 남은 아청이 그녀의 이름을 빼닮은 집에 머물리라 확신한 것이다. 생전에 고음은 시퍼런 파도가 방을 채우는 것 같다며 거문고 독주곡인 〈청옥별곡(靑屋別曲)〉을 지었다.

하루 종일 내린 비가 그친 밤이었다. 바람은 서늘하고 바다는 고요했다. 발 아래로 등(燈)을 밝히지도 않은 채, 사내들은 경쾌하게 어둠을 밟으며 걸었다. 문을 두드리려다가 불빛이 새어나오는 서재를 발견하곤 익숙하게 담벼락을 따랐고, 가장 낮은 담을 골라 훌쩍 공중제비를 넘었다. 그림자를 감추며 서재 앞 참나무에 숨었지만, 아청의 목소리가 구슬처럼 엄지발가락까지 굴러왔다.

"너희니?"

사내들은 눈빛을 나눈 뒤 곧장 서재로 들어섰다. 숱하게 오간 집이지만 서재 구경은 처음이었다. 서재는 고음만의 밀실이었다. 그 방에 대한 각종 소문을 두 사내도 익히 들었다. 세상의 진기한 악기가 가득하다는 이야기였다. 특히 거문고를 비롯한 현악기들이 겹겹이 놓였는데, 밤마다 고음이 그것들을 바꿔가며 연주한다고 했다. 해와 달과 별의 변화를 충분히 담고도 남을 숫자였다. 그러나 서재엔 거문고는커녕 소적(小笛, 작은 피리)도 하나 없었다. 사방 가득 종이 뭉치만 층층이었다.

"뭘 그리 봐?"

아청이 물었다.

"없네."

사내들이 거의 동시에 답했다. 아청은 양손에 쥔 종이를 흔들며 억울해했다.

"없다니? 이 많은 노래가 안 보여?"

"노래라고?"

"아버지가 평생 모았지. 들은 적 없는 노래가 열에 아홉이고. 강화경에서 발표한 별곡(別曲)*은 이 노래들을 바탕으로 나왔어. 별곡 하나에 수백 곡을 참고하셨지. 일찍이 말씀하셨어. 별곡의 작곡자는 제국과 맞선 왕국 사람 모두라고. 당신은 다만 모으고 정리했을 뿐이라고."

"보물이네."

"비밀을 풀 열쇠고."

사내들의 시선이 노래 뭉치에 닿자 아청이 눈살을 더욱 더 찌푸렸다. 그녀도 글을 깨치긴 했지만 책을 가까이 하지 않았다. 악보를 펴놓고 분석하는 일도 최대한 미뤘다. 악보와 똑같이 부르는 것보다는, 아침을 맞는 새처럼, 비슷하면서도 매일매일 다르게 노래하고 싶었다.

고음의 서재엔 아예 창이 없었고, 산책을 나간 날은 평생 손에 꼽을 정도였다. 밥과 국 그리고 세 종류의 나물 외엔 음

---

* 고려 속요부터 시작해 국문 고전시가 양식에서 제목으로 붙여지던 이름.

식을 삼갔다. 왕이 내린 술도 입술만 축일 뿐이었다. 오감을 차단한 채 연주에 몰두하였으며, 서재에 틀어박혀 책을 읽고 악보를 적었다. 왕이 소원을 묻자 고음은 왕국의 노래들을 모으고 싶다고 답했다. 명을 받은 병사들이 전국을 돌며 사람들을 데리고 왔다. 전문적인 소리꾼도 있었지만 동네마다 잔치를 벌이거나 상여를 메고 갈 때 선창을 도맡던 이들도 적지 않았다. 고음은 서재 문을 꼭꼭 닫아건 채 그들의 노래를 거듭 듣고 기록했다.

고음이 서재를 지킬 때 아청은 집 밖으로 나갔다. 책이나 악보는 가인에게 불필요하다고 믿었다. 바다의 빛과 소리들, 숲의 나무와 풀들과 사귀었다.

아청은 걸음마를 시작하면서부터 소리를 배웠다. 고음은 악보를 펴놓고, 적힌 대로 소리가 나올 때까지 반복 연습을 시켰다. 아청이 일곱 살 되던 봄에 작은 소동이 일어났다. 방상 연습실에서 아청이 사라진 것이다. 고음은 아침에 새 악보를 주고 온종일 익히라고 했었다. 방상의 가인과 악공이 흩어져 찾았지만 어디서도 발견되지 않았다. 다음날 아침, 아청은 제 발로 연습실에 나타났다. 발은 흙투성이였고 풀과 나뭇가지가 바지와 저고리에 듬성듬성 붙어 있었다. 고음이 회초리를 들기도 전에 아청의 노래가 시작되었다. 어제 아침 건넨 새 악보에 담긴 노래였다. 아청은 악보를 무시하고 불렀지만 연습실에 모인 악공과 가인 모두 놀랄 만큼, 더 나은 소리를 냈다. 고음이 회초리를 내리며 물었다.

"어딜 갔던 게냐? 누구한테 그리 부르는 걸 배웠고?"

아청이 더듬더듬 소리의 스승들을 짚었다.

"새들이 울었어요. 개울물이 흘렀어요. 돌이 굴렀어요. 폭포가 떨어졌어요. 나비가 날았어요. 햇볕이 내리쬐었어요. 흙먼지가 날렸어요."

그 후로 아청은 종종 숲으로 갔다. 돌아오자마자 노래를 부른다는 조건으로 고음도 딸의 특별한 산책을 허락했다.

아청이 서재를 점령한 노래 뭉치들을 가리키며 말했다.

"저것들은 경고야."

"경고라니?"

"목청만 믿고 함부로 부르지 말란 경고! 어떻게 하여 이 노래가 이렇게 불리는가를 알고 부르라는 경고! 서경(西京, 지금의 평양)을 기리는 노래 한 곡을 파고드느라 나흘이 지나갔어."

서경이란 지명에 사내들 눈이 새벽별처럼 반짝였다.

"불러줄래?"

"아직은! 저녁은 먹고 왔어?"

두 사내가 고개를 끄덕이며 미안한 표정을 지었다.

"난 이제 좀 먹어야겠어. 이걸 들여다보느라 열두 끼를 굶었거든. 청주 두 병 남았는데, 마실래?"

사내들은 동시에 마른침을 삼켰다. 고음의 유작을 음미하는 행운을 누리게 된 것이다. 당대 최고 거문고 연주자는 또한 향과 빛깔과 맛이 좋은 술을 빚는 장인이었다. 그가 만든 술을 마시면 온몸에서 그윽한 거문고 소리가 났다.

부엌으로 간 아청을 기다리며 사내들은 힘차게 노래했다. 그녀가 나흘 동안이나 몰두한, 그들 셋을 한 꾸러미로 묶어 준 별곡이었다.

대동강 넓은지 몰라서
배 내어놓았느냐 사공아!

아청 그리고 좌와 우였다. 사내들 이름이 따로 있었지만, 아청은 처음 만난 세 살 때부터 그들을 좌! 우! 이렇게 불렀다. 좌는 아청의 왼쪽을 줄곧 차지했다가 좌별초에 들었고, 우는 아청의 오른쪽에 머물다가 우별초에 들었다. 지금 두 사람은 좌별초도 우별초도 아니고 신의군*에 속하지만, 아청은 별칭을 바꾸지 않았다. 좌와 우는 탁월한 검무로 삼별초에서 이름이 높았다. 마주 보며 검을 휘젓는 둘의 춤사위는 사뭇 달랐다. 좌가 물러나고 물러나고 물러나다가 단번에 급소를 찌르는 번개를 닮았다면 우는 나아가고 나아가고 나아가서 끝내 상대를 절벽 아래로 밀어버리는 바위와 비슷했다. 좌는 나아가면서도 물러날 마음을 품었고 우는 물러나면서도 공격할 자리만 찾았다. 검무가 끝나면 둘의 옷은 땀으로 흠뻑 젖었다. 놀라운 재능이라며 쏟아지는 칭찬에도 담담하게 똑같은 답을 내놓았다. 어려서부터 아청의 소리를 들어그렇다고. 그 소리에 맞춰 처음엔 발을 놀리고 그 다음엔 손을 놀리고 그 다음엔 몸을 놀리고 그 다음엔 마음을 놀리다보니, 여기에 이르렀노라고. 누구나 그처럼 어려서부터 소리를 듣는다면, 좋은 소리만 골라 들려주는 가인을 벗으로 둔다면, 당신도 나처럼 검무를 출 수 있다고.

세 사람은 강화경에서 태어났다. 그들 또래 삼별초나 팔방상(八坊廂)**에 속한 이들은 대부분 그러했다. 제국의 침공이

• 좌별초, 우별초와 함께 삼별초를 이루던 고려시대 별초군 체제.
•• 고려시대 속악을 담당하던 기관.

잠시 멈추면 육지로 가서 사랑을 나누고 아기를 낳는 남녀가 적지 않았다. 그러나 삼별초와 팔방상은 섬을 떠날 수 없었다. 왕이 강화경에서 개경으로 수도를 옮기겠다고 선언하기 전까지는, 삼별초와 팔방상은 섬에 머물며 왕의 곁에서 왕을 지키고 왕을 왕답게 하는 춤과 노래와 연주를 선보여야 했다. 태어난 섬이 같더라도 삼별초와 팔방상의 젊은이들 고향은 제각각이었다. 섬으로 들어오기 전 그들의 아버지나 할아버지가 터전을 닦은 곳이 곧 그들의 고향인 것이다.

좌와 우와 아청의 아버지는 서경에서 나고 자랐으며, 1232년 함께 배를 타고 강화경으로 들어왔다. 세 사람의 우정을 담은 〈검무도(劍舞圖)〉가 고음의 서재에 걸려 있다. 부벽루 앞마당에서 고음이 연주하는 거문고에 맞춰 두 장수가 검무를 추었다. 그로부터 30여 년이 흐르고, 이제 아청이 부르는 노래에 좌와 우가 검무를 뽐냈던 것이다. 그 모습을 담겠다는 화인(畵人)을 만날 때마다 세 사람은 엉뚱한 요구를 했다. 강화경 대신 대동강 흘러가는 서경의 풍광을 춤판에 담아달라고.

아청이 한 상 가득 술과 세 종류의 나물을 담아왔다. 고음은 죽었지만 상 위에선 그의 솜씨가 여전했다. 그가 빚었으되 마시지 않던 술과 거문고처럼 곁에 두고 아껴 먹던 나물

들. 앵무잔은 둘뿐이었다. 아청이 술을 따르며 눈웃음과 함께 좌와 우에게 물었다.

"오랜만에, 어때?"

어려서부터 아청과 좌와 우는 모이기만 하면 돌아가며 서경을 자랑했다. 그들은 이것을 '고향 놀이'라고 불렀다. 이야기는 물론이고 몸짓과 손짓을 총동원하여 가보지 않은 고을을 설명했다. 시작할 땐 좌와 우의 목청과 동작이 컸지만 마지막 승자는 언제나 아청이었다. 산성과 대문과 집과 절과 탑에 대한 사내들의 설명이 끝날 즈음부터 그녀의 실력이 빛을 발했다.

"부벽루는 좌가 이야기했고 그 아래 청류벽은 우가 지적했지만, 청류벽에서 겨울에 피어오르는 매화를 가인들이 아끼는 건 모르지? 청류벽 매화 꽃잎을 하나만 따서 지그시 입에 물면 혀와 입술과 잇몸과 목이 향기로 가득 차. 곳곳의 상처가 저절로 아물며, 딱딱하게 굳은 곳 하나 없이 부드러워져. 서경 가인이 예로부터 높고 아름다운 소릴 주야장천 부르기로 유명한 이유가 바로 그 꽃 때문이야."

"서경 사람 중엔 배앓이로 죽는 이가 없어. 그 이율 아니? 서경 북문으로 나가면 대로에 잇댄 골목이 있지. 그 골목을 따라 가면 세 갈래 길이 나와. 가운데 골목으로 가면 다시 세 갈래 길이 나오고 이번에도 가운데 골목으로 가야 해. 그렇게 계속 세 갈래 길에서 가운데로 가운데로 가다 보면 마지막엔 막다른 골목이지. 거기 높은 담벼락 아래에 작은 독이 놓여 있어. 그 독을 안아 들거나 깨뜨리면 안 돼. 가만히 뚜껑을 열고 바닥에 깔린 돌이면서 나무이면서 벌레인, 새끼손가락 끝 마디만한 시커먼 물건을 꺼내오는 거야. 배를 앓는 사람은 그걸 입에 넣고 하루만 지나면 씻은 듯이 병이 낫지. 그 물건의 이름은 '복(復)'이야. 이 글자에 어마어마한 의미를 부여하기도 하지만 더도 덜도 말고 뜻 그대로만 새기면 돼. 배를 앓지 않던 때로 돌아온다! 서경 사람 전부를 먹이고도 남을 정도로 복은 계속 생겨. 서경에 가서 혹시 배를 앓으면 복을 찾아가봐."

좌별초에 든 좌와 우별초에 든 우가 서경에 간 것은 5년 전, 열여섯 살 겨울이었다. 제국에 빌붙어 백성을 괴롭히는 대신을 죽이기 위해서였다. 대신의 이름이 따로 있지만, 이 일을 준비한 삼별초 대장군은 암살 대상을 '북(北)'이라고만 불렀다. 북은 일찍이 대동강을 건너 제국에 투항했고, 제국의 황궁에 들어가서 황제의 통역관으로 일했다. 강화경에서 가는 사신은, 왕이나 태자나 왕족이나 문무대신을 막론하고, 북의 통역을 거쳐 황제에게 말하고 또 황명을 들어야 했다. 제국의 말을 아는 사신도 북을 건너뛸 순 없었다. 황제가 동쪽의 끝, 그러니까 바다 건너 섬나라까지 관심을 둔 후, 북은 황제로부터 높은 벼슬을 받아 서경으로 왔다. 삼별초는 북을 얕잡아보며 제국의 주구(走狗)라 칭했지만, 북의 지위는 왕보다 높았다. 태자는 물론 왕 앞에도 허리를 숙이지 않았고, 남북으로 마주 앉아 겸상했다. 제국의 대신인 것이다. 동쪽의 끝 섬나라를 정벌하고 나면, 북이 왕국을 차지할 것이라는 풍문까지 돌았다.

삼별초는 수많은 비밀 작전을 폈다. 암살도 그 중 하나였다. 목적지가 서경이란 설명을 듣자마자 좌와 우가 가장 먼저 자원했다. 나이는 어렸지만 그들은 무인이었고, 왕국을 위해 언제든 목숨을 내던질 각오를 했다. 임무도 완수하고 아버지의 고향을 둘러볼 기회를 놓칠 순 없었다. 자객으로 최종 선발된 좌와 우는 강화경을 떠나 서경으로 침투한다는 사실을 그 누구에게도 발설하지 않았다. 출항 전날, 좌와 우는 바닷가 집으로 가서 아청을 만났다. 고향 놀이를 했고 저녁을 함께 먹었고 아청의 노래에 맞춰 검무도 췄다. 좌와 우가 가끔 아청 몰래 눈을 맞추며 고개를 끄덕인 것 외엔 다른 날과 다르지 않았다.

서경으로 잠입한 좌와 우는 북이 부벽루 연회에 참석한다는 사실을 알아냈다. 둘은 음식 나르는 시종으로 변장하여 연회장으로 들어갔다. 강화경에서 태어났지만, 부모 곁에서 서경 말투를 익혔고 고향 놀이를 하며 서경의 풍속을 익혔기에 자연스럽게 침투할 수 있었다. 저물 무렵 연회가 시작되자 서경 가인들이 지는 해를 바라보며 노래를 불렀다. 제국의 대신이 주최한 연회였기에, 서경에서 으뜸가는 소리꾼들이 왔을 것이다. 좌와 우는 청류벽 가까이 서서 기대에 가득 찬 눈을 끔벅이며 고향의 노래를 들었다. 아쉽게도 노래가 탁월하진 않았다. 낮은 소리는 진흙처럼 뭉쳐 웅웅 댔고 높은 소리는 얇게 찢겨 날카로웠다. 좌와 우는 동시에 부벽루 아래 청류벽을 내려다보았다. 고향 놀이에서 아청이 설명하던 매화를 찾았지만 절벽엔 꽃이 한 송이도 없었다. 술잔이 돌고 무희들이 들어서자 북이 일어나 어울렸다. 연회를 준비한 서경 관원들이 함께 나와 흥을 돋웠다. 강바람이 불어 올라왔다. 누각을 둘러싼 나무들 그림자가 어지러웠다.

북이 발을 헛디뎌 넘어졌다. 무희 하나가 팔꿈치를 잡고 부축하여 일으키려 했다. 북은 주먹으로 그녀의 코를 갈겼다. 허락을 받기 전엔 그 누구도 북의 몸에 손을 댈 수 없었다. 무희가 코피를 쏟으며 끌려나간 뒤에도 노래와 춤이 이어졌다. 나뭇가지와 잎들의 그림자가 할퀴듯 달려들었다. 더 요란하고 더 어두웠다. 북이 또 제 발에 걸려 넘어졌다. 일으켜세우기 위해 다가서는 이는 없었다. 연주도 멈추지 않았다. 북은 두 손을 땅에 댄 채 고개를 들었다. 무희들과 어울려 춤추는 관원들을 올려다보는 그의 표정이 점점 사나워졌다. 북이 늑대처럼 고함을 길게 뽑자 연주와 춤이 동시에 멎었다. 북의 성난 목소리 외엔 아무것도 들리지 않고 어떤 것도 움직이지 않았다. 그 순간 좌와 우가 동시에 어둠에 올라탄 바람처럼 달려들었다.

"감히 나를…."

북이 물러날 땐 좌가 찔렀고, 북이 나아올 땐 우가 베었다. 북은 그림자마저 어둠에 젖어 소리로만 바람의 세기를 가늠하는 부벽루의 밤이 오기 전에 절명했다.

좌와 우는 청류벽으로 뛰어내리려 했다. 대동강과 한 몸으로 흘러가는 것이 그들의 유일한 탈출로였다. 그러나 목과 손발로 날아든 올가미가 더 빨랐다.

좌와 우는 3년을 꼬박 지하 감옥에 갇혀 지냈다. 서경 관원들은 둘의 목을 당장 베자고 건의했다. 제국의 수도에서 내려온 황명은 암살 배후를 알아낼 때까지 자객들을 옥에 가두라는 것이었다. 목숨을 연명하는 것이 좌와 우에게 반드시 좋은 소식은 아니었다. 지하 감옥엔 빛이 전혀 들지 않았고 하루 한 번 나오는 보리죽도 구 할이 흙이었다. 일 할의 죽을 먹기 위해 흙을 우적우적 삼켜야 했다. 좌와 우뿐만 아니라 죄수 모두 배앓이를 했다. 설사를 멈추지 못한 죄수들이 매일 죽어나갔다. 간수 중에도 배앓이를 하는 이가 적지 않았다. 좌와 우는 먼저 죄수들에게 그리고 나중엔 간수들에게 '복' 이야기를 꺼냈다. 죄수든 간수든 한심하다는 표정을 지었고, 설사가 심해 정신 나간 놈 취급을 했다. 북문에 잇댄 골목이 있긴 하지만, 셋이 아니라 넷으로 길이 갈라지기 때문에 가운데 골목을 따르기 어렵다고 했다. 막다른 골목에서 '복'이 담긴 독을 본 사람도, 들은 사람도 없었다.

3년을 버틴 후 황제의 특명으로 죄수들이 모두 풀려났다. 지하 감옥 중범죄인들을 석방할 만큼 축하할 일이 제국에 있었던 것이다. 좌와 우는 그 일이 무엇인지 알려고 하지 않았다. 제국의 기쁨은 왕국의 슬픔이었다.

좌와 우는 강화경으로 돌아왔고, 신의군에 들었고, 방상 연습실에서 아청의 노래를 들었다. 노래가 흥겨울 때 좌와 우는 울었고 노래가 서글플 때 좌와 우는 웃었다. 웃는 것도 우는 것도 아닌, 노래와 이야기를 번갈아 하며, 셋은 함께 웃기도 하고 울기도 했다. 말이 되지 않는 말, 노래가 되지 않는 노래를 하다가, 아청이 학처럼 두 팔을 벌려 좌와 우를 안았다. 왕 앞에서도 담담하게 노래하는 그녀였지만, 벌새가 날아오르고 내리듯 목소리가 떨렸다.

"못 볼 줄 알았어. 다시는, 나만 두고 가지 마."

3년은 최악을 상상하기에 충분한 시간이었다. 좌와 우는 미안한 얼굴로 맹세했다. 군령에 복종하는 무인이지만 오늘만은 그녀를 위로하고 싶었다. 좌와 우가 생환한 후론 고향 놀이를 하지 않았다. 북을 죽이기 전까지만 해도, 아청이 들려주는 서경의 신기한 이야기를 사실로 믿었다. 그러나 이제 그들은 아청의 고향 자랑을 단 하나도 받아들이지 않았다.

"오랜만에, 어떠냐고?"

아청이 다시 고향 놀이를 할 뜻이 있느냐고 물었지만, 좌와 우는 묵묵부답이었다. 그녀가 말머리를 돌렸다.

"앞으로 우린 어떻게 돼?"

좌가 답했다.

"바다를 건너야지."

우가 맞장구를 쳤다.

"건너야 하고말고."

바다를 건너 어디로 갈 것인지는 좌도 우도 이야기하지 않았다. 아청이 물었다.

"건너갈 때, 노래 뭉치를 배에 실을 수 있을까? 내겐 이게 전부야. 내가 더 나은 가인이 되려면 이 뭉치가 필요해."

고음이 모은 악보와 기록을 두고두고 검토하기로 한 것이다. 천 갈래 만 갈래 맘 가는 대로 노래하는 것이 아니라, 별곡이 만들어진 기원을 찾아 확인하고 노랫말에 담긴 의미와 감정을 다듬겠다는 것이다. 바위와 나무, 햇볕과 새가 아니라, 제국과 맞선 왕국의 인간들에게, 그 인간들이 보낸 시간과 공간에 눈과 귀를 기울이겠다는 것이다.

"가져가자!"

이번엔 둘이 동시에 말했다. 고향 놀이를 그만둔 후로 셋은 이야기 나눌 때보다 침묵하며 술잔을 기울일 때가 많았다. 침묵이 갑갑할 땐 이야기 대신 노래를 불렀다. 첫 곡을 시작하는 이는 언제나 아청이었다. 노래가 시작되면 이야기 따윈 떠오르지 않았다.

오늘은 놀랍게도 아청이 입술을 열지 않고 끝까지 버텼다. 유난히 독한 술에 가슴이 일찍 뜨거워진 좌와 우가 부족한 솜씨를 드러냈다. 좌가 부를 땐 우가 눈살 찌푸렸고 우가 부를 땐 좌가 고개 저었다. 아청은 표정을 바꾸지 않고 두 사람의 노래를 들었다. 수천 번 부른 노래일 텐데도 처음 듣는 노래처럼 집중했다. 쉰 곡까지 듣고 그녀가 물었다.

"언제 이렇게 많이 외웠어? 방상의 악공이나 가인도 너희만큼은 아냐. 가사가 군데군데 틀리고 음이 제멋대로 놀지만, 그거야 노래에 전부를 건 사람들이 아니니…."

좌와 우가 번갈아 답했다.

"지독했어, 그 어둠은."

"노래라도 부르지 않았으면 3년을 견디지 못 했을 거야."

"새록새록 다 기억나더라. 이 집 마당에서, 바닷가 세 군데 곳에서, 보은사를 비롯한 스무 군데 사찰에서, 방상의 연습실에서, 삼별초 훈련장에서, 궁궐에서 네가 부른 노래들!"

"그 시절엔 노래를 대신할 좋은 게 많다 여겼지. 노래 대신

술, 노래 대신 검, 노래 대신 벗, 노래 대신 승리…. 그런데 지하 감옥에선 노래를 대신할 게 없었어. 노래뿐이었지."

"소리 내어 맘껏 부른 날은 손 꼽을 정도야. 어둠처럼 닥쳐! 이게 감옥 수칙이니까. 신음 소리마저 매타작의 이유였지. 소리를 삼키며 노랠 불러본 적 있어?"

"그래도 견디기 힘든 날엔 수백 대 맞을 각오를 하고 힘껏 노래했지. 그때마다 꼭 이 녀석도 합류했어."

"지하 감옥의 이중창, 근사하잖아? 둘이 부른다고 맞을 매가 절반으로 줄진 않겠지만, 이 녀석이 얻어맞는 소릴 잠자코 듣는 것보단 나았지."

좌와 우는 노래를 청했고 아청은 거절했다. 좌와 우는 서경에 관한 아청의 이야기를 듣지 않고 일어섰다. 서로를 찌를 정도는 아니지만 가인과 두 무인은 예전처럼 한 마음이 아니었다. 지명은 같아도 고향이 다른 사람처럼. 술병은 이미 비어 있었다.

꼭 셋이서만 어울리란 법은 없지만, 아청이 포함될 때면 늘 셋이었다. 셋에서 둘이 되고, 둘에서 하나가 될 날이 가까웠음을 예감하면서도, 그들은 셋이 있는 자리에서 이별을 논하지 않았다. 셋이서 누릴 것들만 짚었다. 길 위에서 많은 이들이 태어나고 자라고 죽어 없어진다 해도, 셋은 오롯이 셋이라는 결론이었다. 서경보다 더 북쪽으로 함께 떠날 날은 너무나도 먼 미래였다. 셋은 그들이 바라는 행복을 대동강 너머로 경쟁하듯 던졌다.

아청은 자신을 향한 좌와 우의 마음을 진작부터 알고 있었다. 그녀는 그 마음의 깊이나 형태를 따지지 않았다. 일렁이면 일렁이는 대로, 타오르면 타오르는 대로, 또 잠시 잦아들면 잦아드는 대로 내버려뒀다. 그녀가 불안하게 손에 쥐었던 것은 세 사람이 쌓아온 탑이었다. 세상의 단어로는 지칭하기 어려운 완전함이 그 탑에 담겼다. 한 사람을 얻음으로 한 사람을 잃을 날이 두려웠다. 차라리 좌와 우가 남동생이나 친오빠였으면 나았겠단 생각까지 했다. 그녀는 사랑만 얻으면 나머지 전부를 잃어도 상관없다는 식으로, 자신의 삶을 부수긴 싫었다. 사랑도 중요하지만, 이 세상엔 너무나 소중해서 떠올리는 것만으로 왼쪽 가슴이 부푸는 사람도 있었다. 그녀는 사슴뿔처럼 젊었다. 자신에게 중요한 것이라면 단 하나도 포기하지 않을 만큼.

닷새 뒤 아침, 좌가 서재로 왔다. 담장을 두른 잎사귀에서 이슬이 떨어지기 전이었다. 좌가 말했다.

"서경엔 제국에 대한 칭송만 넘쳐. 북쪽의 끝보다 더 북쪽으로 갔고, 서쪽의 끝보다 더 서쪽으로 갔으며, 남쪽의 끝보다 더 남쪽으로 갔다고. 그 모두가 한 식구가 되었다고. 그러나 그들은 동쪽의 끝보다 더 동쪽으로 가진 못했지. 합포(合浦, 지금의 마산) 바닷가에 서서 여기가 동쪽의 끝이라 선언하고 싶었을지도 몰라. 하지만 거긴 결코 동쪽의 끝이 아니지. 합포에서 배를 타고 또 한참을 가면 진짜 동쪽의 끝이 나와. 섬나라는 제국의 사신을 받아들이지 않지. 제국의 질서를 인정하지 않는단 뜻이야. 제국이 서경까지 내려왔고, 둔전을 일구며 점령군 행세를 하지만, 그들은 여전히 강화경으로 건너오지 못하고 있어. 강화경이 점령당한다고 해도, 제국의 장수들은 짐작도 못할 섬들이 왕국엔 차고 넘쳐. 섬에서 섬으로만 옮겨 다녀도, 천년 왕국을 세우고 남지. 이곳의 노래 뭉치를 모두 내 배로 옮기자. 내가 목숨을 걸고 지킬게."

아청은 즉답을 피했다. 강화경 외에 어떤 섬을 고려하고 있느냐고 묻지 않고, 좌를 배웅했다.

그 저녁, 우도 왔다. 어둠이 마당의 붉은 기운을 삼키기 전이었다. 우가 말했다.

"38년이면 조그만 왕국으로선 버틸 만큼 버틴 거야. 강화경에선 아직 실감이 덜하겠지만, 서경을 포함해서 그 북쪽은 이미 제국의 땅이지. 관원들과 그 자식들은 제국의 말과 글과 생각과 행동을 배우느라 잠을 줄여가며 노력해. 황제의 아량이 아니었다면, 좌와 나는 지하 감옥에서 살아나와 이 멋진 노을에 다신 젖지 못했을 거야. 왕국의 왕도 대신들도 제국의 일부가 되기로 이미 결정했어. 왕이 몸소 제국의 수도에 가서 황제 앞에 엎드려 약속한 일이야. 강화경을 떠날 가장 좋은 때가 바로 지금이지. 스스로 나온다면 피 한 방울 원하지 않는다고 황제가 약속했으니까. 개경이 아니라 서경으로 곧장 가도 좋아. 거기서 넌 강화경에서 짓고 부른 노래들을 정리해. 나는 제국의 장수로 내 일을 찾을게. 잊지 마. 제국은 무섭게 강해. 항복하지 않고 대적하는 자들에겐 압도적으로 잔혹하지. 노래 뭉치는 내일이라도 내 배로 옮기자. 단 한 장의 노래도 사라지지 않도록 돌볼게."

아청은 이번에도 즉답을 피했다. 제국에서 새매와 함께 악공과 가인까지 원하는데 서경으로 가면 안전하겠느냐고 따져 묻지 않고, 우를 배웅했다.

좌와 우를 각각 배웅한 밤, 아청은 잠들지 못했다. 생각의

갈피를 잡지 못해서가 아니었다. 마음의 길을 몰라서도 아니었다. 사랑하는 남자라고 해서, 자신의 운명을 그에게 의탁하는 건 애당초 아청에게 어울리지 않았다. 방상의 으뜸 가인 아청에겐 무엇보다 스스로의 의지가 중요했다. 자기 의지가 좌의 의지와 맞으면 좌와 가는 것이고, 우의 의지와 어울리면 우와 갈 뿐이었다. 그녀에겐 의지가 또한 사랑이었다.

의지가 확고하더라도, 의지가 확고할수록 아쉬움도 깊다는 것을 아청은 그 밤 처음 느꼈다. 좌와 우 모두 제국의 막강한 힘을 인정했다. 그럼에도 불구하고 좌는 저항하자 했고, 그렇기 때문에 우는 항복하자 했다. 지금껏 좌와 우의 의견이 갈릴 때 아청은 두 사내 모두 섭섭해 하지 않는 절충안을 냈다. 그러나 이번에는 달랐다. 절충할 지점이 보이지 않았다. 두 벗을 이해하지 못해서가 아니었다. 오히려 서로 다른 미래를 바라보며 좌와 우가 치러냈을 숱한 고뇌와 불면의 밤들이 손에 잡힐 듯 선명하게 그려졌다. 그러므로 이번에는, 자신이 개입할 틈이 없었다. 결코 하나로 모을 수 없는 희망이었다. 아득한 갈림길 앞에서 아청의 가슴은 미어졌다.

5월을 넘긴 새벽에 좌와 우가 서재로 동시에 들이닥쳤다.

둘이 미리 만나서 온 것이 아니라, 각자의 병사들을 스무 명 남짓 거느리고 서로 다른 두 길로 찾아들었다. 좌와 우가 왔지만 서재에서 그들은 셋을 이루지 못했다. 아청이 서재는 물론이고 집 어디에도 없었던 것이다. 아청뿐만이 아니라 서재를 가득 채웠던, 노래를 적은 종이 뭉치도 사라졌다. 텅 빈 서재에서 좌와 우의 병사들은 서로를 향해 검을 뽑아들었다. 칼날에 기대지 않은 이는 좌와 우뿐이었다. 검을 뻗어 급소를 찌를 딱 그만큼의 거리를 두고, 좌와 우는 바위처럼 섰다. 흔들리는 서로의 흐릿한 그림자를 보았다. 아청의 노래에 맞춰 검무를 겨루기 좋은 새벽이었다. 좌가 우의 칼집을 내려다보며 물었다.

"어디 있어?"

우가 답했다.

"질문이 같군."

둘은 마음이 급했다. 동료들은 이미 배에 올랐을 것이다. 이쯤에서 포기하고 저마다의 바다로 떠나는 것이 자연스럽긴 했다. 그러나 좌와 우에겐 포기할 수 없는 사람이 바로 아청이었다. 상대의 딱딱한 어깨에서 절박함을 읽어냈다. 다정함을 잃은 말들이 화살촉처럼 튀어나왔다.

"닷새 전 아침 네가 서재로 들어가는 걸 본 이가 있어."

"그 밤에 서재를 나오면서 주먹 쥔 손등으로 얼굴을 가린 사내는 누구였더라?"

말을 멈추고 서로를 쳐다보았다. 오늘은 아청이 없다. 이 번만은 둘이서 문제를 해결하라는 듯 사라진 것이다. 좌와 우는 서로를 알았다. 아청을 자기 배에 몰래 숨겨두고 서재로 와서 거짓말을 할 사람이 아니라는 것을. 아청의 행방을 따져 물어도 소용없다는 것을. 병사들을 데려온 것도, 오늘부터 적군이 된 예전의 아군을 제압하기 위해서가 아니라 노래 뭉치를 옮기기 위해서였다. 좌와 우처럼 친밀하지는 않더라도, 병사들 역시 칼을 겨누는 상대를 대부분 알았다. 짧게는 일년 길게는 십 년 넘게 함께 훈련받고 같이 싸운 전우였다. 힘든 전투와 어려운 정변이 몇 차례 있었지만, 삼별초가 둘로 나뉘어 다투게 되리라곤 상상도 못 했다. 최선이든 차선이든 차악이든 최악이든, 삼별초는 한 목소리를 냈고 같은 걸음을 디뎠다. 좌가 꼬집었다.

"제국의 일부로 들어가겠다…? 비겁해."

우가 받아쳤다.

"제국과 맞서겠다…? 무모한 짓이야."

좌와 우는 더 이상 말을 섞지 않았다. 말이 마음보다 앞선다면 검이 말보다 앞설 수도 있다. 훗날 목숨을 내놓고 싸우더라도, 셋이서 함께 머물던 서재를 피로 물들이긴 싫었다. 좌와 우는 서로를 노려보며 뒷걸음질 쳤다. 상대가 조금이라도 공격적인 태도를 보이면 반격할 기세였다. 그렇게 그들은 달려왔던 길로 물러났고 각자의 바다를 향해 달렸다. 서재에서 멀어지며, 좌와 우는 아청이 서재를 비우고 사라진 까닭을 깨달았다. 그녀가 새벽까지 서재에 있었다면, 좌와 우는 그녀를 차지하기 위해 결전을 벌였을 것이다. 둘 중 한 사람이 죽을 때까지. 그녀는 부재의 방식으로 좌와 우의 싸움을 미뤘다. 그녀가 이 새벽에 할 일은 그뿐이었다. 사려 깊은 의지였다.

육지에서 가까운 우안의 포구에 먼저 도착한 이는 우였다. 군선은 겨우 다섯 척이었다. 바다 건너 개경으로 향하기로 마음먹은 병사들은 닷새 전부터 강화경을 벗어났다. 왕족과 대신 그리고 그들의 식솔이 가장 크고 튼튼한 군선을 차지했다. 우는 혹시나 하는 마음에 귀를 쫑긋 세운 채 성큼성큼 자신의 군선을 향해 걸음을 옮겼다. 바닷바람이 우의 가슴을 밀기도 하고 때리기도 했다. 배에 다가갈수록 바람 맞은 얼굴이 방패처럼 굳었다. 찡그린 눈썹이 횡으로 붙었다. 우를 알아본 병사들이 배에서 내려 맞았다. 우는 제 몸처럼 아끼던 부하들을 무시하듯 지나쳐 승선했다. 서둘러 배 안을 살핀 뒤 돌아섰다. 방금 자신이 지나온 바닷가엔 아청의 서재로 함께 갔던 병사들만 바삐 뛰어오는 중이었다. 아청의 흔적은 어디에도 없었다.

그즈음 좌도 육지에서 가장 먼 좌안의 포구에 닿았다. 좌는 곧장 자신의 군선으로 가지 못했다. 새벽까지만 해도 포구엔 배가 백 척 정도였다. 그런데 지금은 포구를 가득 뒤덮고도 남을 만큼 배가 많았다. 헤아리긴 어렵지만 줄잡아 일천 척은 넘을 듯했다. 지난밤 정박해둔 곳에 좌의 군선은 없었다. 소선들이 늘어나는 바람에 자리를 옮긴 것이다. 좌와 병사들은 자신들이 타고 나갈 군선을 찾기 위해 흩어졌다. 불어난 것은 배뿐만이 아니었다. 보따리를 이고 진 백성들이 잔뜩 긴장한 얼굴로 바닷가를 오갔다. 부모와 헤어져 우는 아이도 있었고, 그 아이의 손등을 핥으며 꼬리치는 개도 있었다. 깃발을 휘저으며 배의 위치를 알리는 병사도 있었고, 그 병사에게 이름과 직업을 대며 어디서 배를 타느냐고 묻는 늙은이도 있었다. 여기저기서 북이 울리고 여기저기서 고함이 터졌다. 밀리고 쓰러지고 걸리고 밟혔다. 배를 타기도 전에 부상자가 속출했다. 좌가 나발을 쥔 악공의 어깨를 짚으며 부탁했다.

"도와주시오."

나발이 긴 한숨처럼 울었다. 좌는 가장 높고 큰 붉은 깃발 아래에서 외쳤다.

"섬에 남은 자는 모두 도륙될 것이다. 제국에 무릎 꿇은 자들은 이미 개경으로 향했다. 제국의 병사들이 곧 섬으로 와서 숨이 붙어 있는 전부를 죽일 것이다. 그러니 살고 싶은 자, 침착하게 배에 오르라! 이 섬을 버리고 바다로 나가면, 제국도 우릴 쫓지 못한다. 바다에서 삼별초는 천하무적이다. 차례차례 다 함께 가자. 끝까지 삼별초는 여러분을 지키겠다. 단 한 명도 두고 가지 않겠다. 타라! 곧 출항이다."

병사들이 겨우 군선의 깃발을 확인하고는 좌에게 알렸다. 새벽에 정박한 곳에서 일천 보나 떨어진, 포구의 끝이자 바다가 시작되는 갈범 바위 옆이었다. 좌는 힘껏 달렸다. 출항한다면 최선봉에 자신의 군선이 서야 했다. 좌와 우가 항상 선봉을 두고 겨뤘지만 이제 우가 없으니, 그 자린 좌의 몫이었다. 어지럽게 오가던 사람들이 사라지자 울퉁불퉁한 해안

숲길이 그들을 맞았다. 좌는 튀어나온 돌부리와 나무 뿌리에 아랑곳하지 않고 걸음을 재촉했다. 뒤따르는 병사들과의 거리가 열 보, 스무 보, 쉰 보까지 벌어졌다. 내달리던 좌가 걸음을 멈췄다. 군선까진 넉넉하게 잡아도 백 보 남짓이었다. 이마와 뺨을 타고 턱까지 흘러내린 땀을 닦지도 않은 채 뱃머리를 우러렀다. 세찬 바닷바람을 뚫고 노래 한 자락이 마중을 나왔다.

　　구슬이 바위에 떨어진들

　　끈이야 끊어지겠습니까?

　　천 년을 외따로 살아간들

　　믿음이야 끊어지겠습니까?

좌는 다시 내달려 배에 올랐다. 희미한 미소가 입가에 머물다가 사라졌다. 삼별초와 그를 따르는 천여 척 선단이 강화경을 떠나기 시작했다. 최선봉 군선에서 부르는 아청의 노래는 새로운 희망의 출정가였다.

가
시
리

우의 성은 강(姜)이고 이름은 병호(秉浩)다.

군선을 타고 벽란도까지 이동하여 며칠을 쉬었다. 왕은 남쪽으로 내려가는 대신 개경으로 향한 삼별초 장졸을 치하하면서도 개경으로 들이진 않았다. 또 다른 암수(暗數)를 걱정한 것이다. 왕은 제국의 병사를 왕국의 병사보다 더 믿었다. 자신이 왕위에 오르는 데 지원을 아끼지 않은 이가 바로 제국의 황제였다.

우는 해가 기울자 밤 산책을 나섰다. 소매에서 수첩을 꺼냈다. 앞뒤로 소가죽을 덧대고 그 안에 백지를 스무 장 넣은 뒤 나비매듭을 지었다. 우는 늘 수첩과 작은 붓과 휴대용 먹물통을 지니고 다녔다. 마음에 드는 풍광을 만나면 어디서든 그렸다. 정교하게 옮겨 담기보다 느낌을 재빨리 몇 개의 선과 점으로 드러내는 식이었다. 화인에게 정식으로 배운 적은 없었다. 마음에 드는 무엇인가를 만났을 때 스쳐 지나가지 않고 시간을 쏟는 것이 좋았을 뿐이다.

예성강을 따라 늘어선 가게들은 이미 장사를 접었다. 크고작은 건물은 여전했지만 이름을 들어보지 못한 나라의 상인들까지 몰려들어 흥청대던 분위기는 사라진 지 오래였다. 강화경으로 수도를 옮긴 뒤로는, 개경에서 가장 가까운 무역항이란 이점도 쓸모없어졌다. 약탈을 일삼는 제국의 병사들에게 벽란도는 아주 탐스런 먹잇감이었다. 상인들은 가게를 열어 돈을 벌기보다 제 목숨 지키기에 바빴다. 황금의 나라라는 풍문을 듣고 찾아와 정착했던 외국 상인들도 모두 떠났다.

우는 강을 등진 채 컴컴한 가게들을 수첩에 담기 시작했다. 오늘따라 덧칠이 많았다. 이미 점을 찍은 곳에 선을 긋고 그 위에 다시 점을 찍었다. 단지 밤이라서 항구가 적막한 것은 아니었다. 제국의 병사들은 전쟁터도 아닌 벽란도에서 많은 이들을 괴롭히고 난도질하여 죽였다. 항구 전체가 주검으로 덮인 꼴이었다.

우는 한숨과 함께 수첩을 소매에 넣으며 동갑내기 두 벗의 이름을 읊조렸다. 셋이서 함께 보낸 바닷가 밤들이 떠올랐다. 아청은 하얀 앞니를 드러내며 웃었고 좌는 턱을 당겨 시선을 내리고는 킥킥거렸다. 그들 곁에서 우도 틀림없이 웃었을 것이다. 강화경에서 셋이 만나 세상 근심 잊고 웃을 날은 다시 오지 않을 것이다.

벽란도까지 올라오지 않고 강화경에서 바다로 나가 곧장 삼별초 선단을 추격한 이도 있었다. 우에게도 동참을 권했다. 천여 척이라곤 하나 맞서 싸울 군선은 그 숫자의 일 할 정도나 될까. 천여 척이 바다에 떠 있다는 것은 그만큼 일사분란하게 움직이기 어렵다는 뜻이며 공격할 허점이 많다는 뜻이었다. 당장 급습해 서너 척만 침몰시킨다면 왕으로부터 큰 칭찬을 들을 것이라고도 했다. 어제까지 같은 부대에 속했던 이들과의 전투가 내키진 않지만, 벽란도로 올라온 장졸에 대한 왕의 의심을 더는 효과는 분명 있었다. 천 마디 말보다 한 방울의 피가 이야기를 하고 믿음을 주는 세상이었다.

우도 언젠가는 좌와 결전을 벌이리라 예상했다. 아청의 서재에서 각각 다른 포구로 향할 때부터 예정된 일이었다. 다시 만난다면 힘과 힘, 재능과 재능, 전략과 전략, 운과 운이 맞서기를 바랐다. 뒤꽁무니를 따라가서 소선 서너 척을 침몰시키고 싶지는 않았던 것이다. 춤과 노래와 연주에 예법이 있듯 전투에도 최소한의 도리가 있다고 우는 믿었다. 좌도 그렇게 믿을 것이다.

돌아섰다. 어둠에 잠긴 강은 더 비밀스러웠다. 어디로 사라졌을까. 강화경에서 벽란도로 오는 내내 아청을 걱정했다. 군선을 돌리고 싶은 충동이 계속 일었다. 허공을 향해 검을 뽑았다가 칼집에 넣기를 세 번이나 반복했다. 두 가지 불길한 상상이 연이어 찾아들었다.

첫째는 아청이 섬에 남아 있는 것이다. 대장경을 감추듯 더 깊은 산이나 숲으로 노래 뭉치와 함께 숨어들었다면? 고음은 거문고를 등에 메고 며칠씩 사라졌다 돌아오곤 했다. 인적이 끊긴 숲에서 홀로 연주하기 위함이었다. 아청이 방상에서 노래를 시작한 뒤론 부녀가 함께 집을 비우기도 했다. 강화경이 큰 섬이고 곳곳에 울창한 숲이 많다 하여도, 사막과 광야와 밀림을 짓밟은 제국의 병사들을 피하긴 어려울 것이다. 지형지물을 이용하여 몸을 숨긴 적들을 신속하게 색출해 잔혹하게 척살하며 여기까지 나아온 그들이었다. 몸에 뚫린 모든 구멍들, 눈과 코와 귀와 입과 항문과 성기까지 다 꿰맨 후 큰길에 버려둔다고도 했다. 그들에게 붙잡힌다면 아청도 목숨이 위태로울 것이다. 그녀가 아름다운 노래를 부르기도 전에 칼날이 목을 찌를 수도 있었다.

또 다른 상상을 길게 펴진 못했다. 떠올리는 것만으로 가슴이 답답하고 움켜쥔 주먹이 떨렸다. 부하들도 감히 말을 붙이지 못할 정도였다. 아청이 좌의 군선에 올랐다면…?

그럴 리 없어!

두 번째 상상을 지우고 첫 상상으로 돌아갔다. 강화경으로 돌아가서 아청을 찾기로 마음을 굳혔다.

추토(追討, 추격하여 토벌함)를 위해 진용을 갖추는 문제는 왕이 독단으로 처결하기 힘들었다. 좌와 우가 죽인 북을 대신하여 그의 아들 남(南)이 서경에 도착한 것이 불과 한 달 전이다. 황제는 남에게 북의 벼슬을 그대로 내렸을 뿐만 아니라, 동쪽의 끝을 정벌하기 전에는 돌아오지 말란 엄명을 더했다. 남은 왕을 처음 만난 서경에서, 동쪽의 끝 섬나라로 건너가기 위해 필요한 군선을 언제 어디서 어떻게 만들 것인지 밝히라고 요구했다. 왕은 조선(造船)과 함께 삼별초 추토까지 남과 의논해야 했다. 말이 의논이지, 남의 허락을 받지 않고는 병사 한 명 움직일 수 없었다. 남은 까다롭게 굴 것이고 추토군의 출정도 그만큼 늦춰질 것이다. 왕과 남이 옥신각신 하는 사이 우는 강화경으로 돌아가 머물 예정이었다. 아청과 노래 뭉치의 행방을 아는 이가 분명 있을 것이다.

비선(飛船)을 타고 전령들이 오갈 때마다 우는 아청의 행방을 물었다. 대부분 모른다고 하거나 방상에 속한 악공과 가인과 무희는 왕의 밀명을 받고 벌써 개경으로 들어갔다고 했다. 개경에서 성벽을 쌓고 건물을 짓는 장정을 위한 노래와 춤과 연주를 시작했다는 것이다. 강화경에서 당장 나오라는 요구를 들을 때마다, 왕은 불타버린 개경의 궁궐과 민가를 핑계로 삼았다. 복구를 위해 시간도 인력도 곡물도 필요하다고, 최대한 신속하게 작업하는 중이라고, 왕은 거듭 간곡하게 글을 올렸다. 그 글이 워낙 곡진하여 황제도 화를 누그러뜨리곤 했다. 그러나 개경에서 복구 작업이 서둘러 이뤄진 적은 없었다. 제국의 대신과 장졸과 관원이 개경과 서경 그리고 정벌에 필요한 남해안 몇몇 고을에 머무르고 있으니, 복구를 아예 하지 않을 수는 없었다. 하긴 하되, 눈에 띄지 않는 방식으로 시일을 끌었던 것이다. 이제 강화경에서 개경으로 수도를 옮겼으니 왕과 조정을 위해서라도 신속한 복구가 필요했다.

아청이 강화경에 머물지 않고 개경으로 갔다면 최악은 아니다. 그러나 우는 곧 고개를 저었다. 방상의 동료들과 함께 개경으로 갔다는 것은 노래 뭉치를 포기했다는 뜻이다. 고음의 유품이자 자신의 노래를 발전시킬 유일한 도약대를 두고 바다를 건너진 않았을 것이다. 고음의 작업을 목숨처럼 아낄 것이다. 시작하면 끝을 보고야 마는 고집쟁이 가인이 또한 아청이었다.

우는 느린 걸음으로 산책을 마치고 군선으로 돌아왔다. 경계 서는 병사들을 제외하고는 모두 하선하여 잠이 들었다. 갑판 아래에 잠자리가 있었지만 병사들은 강가에 나란히 누워 별을 보며 잠들기를 청했다. 강화경에선 단 하루도 이렇듯 땅바닥에 허리를 붙이고 편히 잠든 적이 없었다. 제국의 군대가 바다 건너 뭍에 주둔하는 한, 당장이라도 전투를 시작할 자세로 시시각각을 맞아야 했다. 군선에 승선한다는 것은 그만큼 대적할 시간이 가까웠다는 뜻이다. 병사들은 배에서 조각잠으로 버텼다. 제국과 맞서 싸우는 것만큼이나 싸움을 준비하며 견디는 일은 힘들었다.

우는 벽란도에 닿은 후 하선을 허락했다. 예성강 하류에 정박한 우의 병사를 공격할 적군은 없었다. 5월까지도 칼끝을 겨눴던 제국은 이제 그들의 든든한 뒷배였다. 이불과 요가 부족했지만, 밤하늘을 향해 누운 병사들은 새우처럼 웅크리거나 팔다리를 모으지 않았다. 강바람이 제법 선선해도,

하룻밤은 충분히 누워 잘 정도로 더운 여름이었다.

우는 잠든 병사들을 깨우지 않으려고 일부러 언덕 하나를 더 넘어 돌아서 군선으로 왔다. 배에 오르기도 전에 부장(副將)이 그를 발견하고 달려왔다. 우는 걸음을 멈추고 부장의 상기된 얼굴을 바라보았다.

"전령입니다."

남하하는 삼별초의 대선단을 정찰하고자 따라갔던 마지막 전령이었다. 우는 고개를 끄덕인 뒤 뱃머리 지휘방으로 들어섰다. 전령은 선 채로 예를 갖추고는 맞은편 의자에 앉았다. 우와 전령 사이에 놓인 탁자엔 해도(海圖)가 펼쳐져 있었다. 해안을 따라 점선들이 어지러웠다. 배가 오가는 내해의 바닷길이다.

"어디까지 다녀온 건가?"

전령이 안면소(安眠所. 지금의 안면도)에 못 미친 바닷길을 짚었다. 풍랑이 심하고 암초가 많기로 소문난 바다였다. 삼별초를 따르는 척 소선을 타고 끼어들어 동정을 살피고 온 것이다. 우가 고개를 들고 물었다.

"벌써, 거기까지?"

천여 척이 함께 움직이는 중이니, 정예 군선에 비해 이동

속도가 네다섯 배 느릴 수밖에 없었다. 그러나 선단은 우의 예상보다 하루 반 이상 빠르게 남하하는 중이었다.

"순풍입니다. 하루도 빼놓지 않고 계속 날이 맑았습니다. 파도도 뜻밖에 잔잔합니다만, 무엇보다도 배들이 바삐 나아가는 것은 최선봉 군선에서 들려오는 노랫소리 때문입니다."

"노래…, 라고?"

낯익은 얼굴 하나가 지나갔다.

"출항 이후 단 하루도 쉬지 않고 노래를 부르는 가인이 있습니다. 선단의 후미까진 들리지 않지만, 중간 즈음까지 올라가면 충분히 들릴 만큼 소리가 큽니다. 바람을 맞아도 흩어지거나 스러지지 않습니다. 높고 짙고 따뜻합니다. 노래를 듣노라면 피로가 사라지고 힘이 납니다. 어제보다 오늘이 낫고 오늘보다 내일이 멋지리란 기대감에 젖습니다. 한 뼘이라도 가까이에서 노래를 듣고자 악착같이 배의 속도를 높이려 합니다. 돛을 더 활짝 펴고 노를 더 자주 젓습니다. 노래가 이어지는 한, 선단은 점점 더 날쌔게 한 몸처럼 움직일 듯합니다. 천여 척이 바다에 떠 있다 보면 서너 척은 이런저런 사정으로 낙오하거나 이탈하기 마련인데, 선봉을 향하지 않는 배가 단 한 척도 없습니다. 충분히 훈련받은 정예 선단과도 같습니다. 부딪치지 않고 순식간에 방향을 바꾸는 물고기 떼처럼 전후좌우 배들의 움직임에 민감하게 반응합니다. 가인에 대한 풍문이 배에서 배로, 파도에서 파도를 넘어 매일 넘실거립니다. 최선봉 군선 뱃머리에 서서 노래하는 가인의 이름은 아청입니다. 팔방상의 으뜸 가인 아청!"

우가 주먹으로 탁자를 내리쳤다. 두 번째 상상이 현실이 되고 말았다. 버림받은 자의 고통이 순식간에 그를 덮쳤다.

그 밤 우의 군선은 벽란도를 떠났다. 우는 남진하는 뱃머리에 홀로 서 있었다. 강가에서 숙면을 취하다가 급히 깨어 승선한 병사들은 어깨를 부딪치거나 눈을 비비거나 하품을 몰래 했다. 배가 강화경을 지나자 병사들 얼굴엔 걱정이 가득했다. 삼별초 대선단이 천 척이라는 풍문을 그들도 접한 것이다. 그들이 탄 군선 한 척으로 대적할 숫자가 아니었다. 몇몇 병사는 혹시 우가 삼별초에 투항하기 위해 뒤늦게 벽란도를 떠난 것은 아닌지 의심했다. 우는 남진하라는 명령 외에 설명을 덧붙이지 않았다.

우는 뱃머리에 서서 정면을 응시했다. 앉지도 걷지도 돌아보지도 않았다. 밥을 먹지도 않았고 잠을 자지도 않았다. 그 자세로 우는 단 한 사람을 생각하고 또 생각했다.

벽란도를 떠나고 하루 만에 폭풍우를 만났다. 장대비와 함께 역풍이 우의 군선으로 몰아쳤다. 병사들은 사방에서 물을 퍼내고 배의 균형을 잡으며 버텼지만 역부족이었다. 넘어지고 부서지는 기물에 다친 병사가 시시각각 늘었다. 부장이 우에게 급히 와서 권했다.

"피항(避航)해야 합니다."

우는 고개를 돌리지도 않고 이마를 때리는 장대비를 맞으며 명령했다.

"뚫고 간다."

"병사들이 지쳤습니다. 더 가다간…."

부장이 '침몰'이란 단어를 꺼내기도 전에 우가 말허리를 잘랐다.

"내 배가 침몰이라도 한단 소린가?"

"그, 그건 아닙니다만…."

부장은 말꼬리를 흐렸다. 우는 위험한 상황에 처할수록 회피하지 않고 맞서는 용장이었다. 침몰하더라도 목숨을 잃더라도 나아가고 나아가고 나아가는 장수였다.

"지금도 많이 늦었어. 놈들이 목적지에 닿기 전에 따라잡아야 해."

돌풍이 우와 부장의 가슴을 동시에 쳤다. 배 밖으로 튕기듯 밀리는 부장의 어깨를 우가 잡아당겼다. 우가 아니었다면 부장은 바다로 곤두박질쳤을 것이다. 부장이 손등으로 제 얼굴의 빗물을 닦은 뒤 맹세하듯 소리쳤다.

"끝까지 가보겠습니다."

뱃머리엔 다시 우만 남았다. 돌풍이 들이치기 전에도 세상에서 가장 단단한 몽둥이가 우의 가슴을 후려갈기는 중이었다. 우는 확신했었다. 시간이 걸리겠지만 결국 아청은 자신의 아내가 되리라고. 최악의 경우에도 좌에게 가지는 않으리라고. 고통은 없고 기쁨만 들꽃처럼 피어오르던 시절, 우의 사랑은 그 붉은 초봄에서 비롯되었다.

눈이 아직 녹지 않은 산으로 올라가 보자 청한 사람은 아청이었다. 셋은 열 살이었다. 뭍에서라면 집 밖 출입이 어려웠겠지만 강화경에선 사람도 짐승도 일찍 철이 들었다. 전쟁은 어린 생명을 애늙은이로 만들었다. 죽음이 항상 삶 가까이 있었다.

산길은 축축하고 미끄러웠다. 흐린 날씨 탓인지 코끝이 얼얼할 정도로 바람이 차고 매서웠다. 좌와 우는 첫 언덕을 넘을 때부터 적당히 오르다가 하산하자며 눈짓을 주고받았다. 검보다 더 무서운 것이 산이요 바다라고, 목검을 든 첫날 배웠던 것이다. 아청은 굽이를 돌 때마다 진달래에 마음을 빼앗겼다. 발을 헛디뎌 넘어지는 바람에 옷에 진흙이 묻어 더러웠지만 울거나 짜증내지 않았다. 좌와 우는 아청에게 이른 하산을 권하기보다 진달래를 한 아름 따는 쪽으로 마음을 고쳐 먹었다. 딱딱하게 굳은 응달의 눈길을 겨우 돌아 오르니 진달래로 온통 붉은 절벽이 셋을 막아섰다. 꽃을 바라보는 아청의 눈이 싱그러웠다. 우가 말했다.

"여기서 기다려!"

아청이 두 벗을 번갈아 보며 눈으로 물었다. 너희는? 좌와 우의 시선이 절벽으로 향했다. 두 소년이 오르기 시작한 절벽은 동향(東向)이었다. 눈이 이미 녹은 절벽엔 손으로 잡고 발로 디딜 틈이 많았다. 진달래에 첫 손이 닿는 순간, 노랫가락이 올라왔다.

가시리 가시렵니까

버리고 가시렵니까

나는 어떻게 살라고

버리고 가시렵니까

붙잡아 둘 것이지만

싫어지면 아니 올까

서러운 님 보내오니

가시는 듯이 돌아오소서.

아청이 지난 겨울부터 배우기 시작한 노래였다. 좌와 우가 꽃을 쥐고는 서로를 향해 웃었다. 아청의 노래가 아름다워서 이기도 했고, 노랫말이 절벽에 붙어 꽃을 따는 지금 상황과 어울리지 않아서이기도 했다. 떠나는 님도 없었고, 버리고 가시는 님으로 인해 눈물 쏟는 이도 없었다. 한 움큼 붉은 꽃으로도 천하를 얻은 듯 즐거운 봄 산이었다. 절벽 아래에서 가슴 졸이며 기다리기보단, 좌와 우를 위해 노래라도 부르려 한 아청의 마음이 고왔다. 좌와 우는 누가 먼저랄 것도 없이 절벽 아래를 향해 손을 흔들었다. 두 손을 움직여야 하므로, 꽃을 꺾어 몸 여기저기에 꽂았다. 꺾는 꽃이 늘수록 두 소년은 움직이는 꽃나무로 바뀌었다.

마지막 진달래가 절벽 제일 높은 곳에서 흔들렸다. 다른 꽃들은 꽃나무 하나에 꽃송이가 여럿이지만, 그 꽃은 오직 한 송이뿐이었다. 불어 올라가는 바람과 돌아 떨어지는 바람에 흔들리는 꽃은 더 붉고 외로워 보였다.

"갈래?"

좌가 양보했다. 우가 턱을 들어 꽃을 보고는 답했다.

"네가 가져와. 먼저 내려가서 기다릴게."

여기까진 경쟁하듯 올랐다. 아청의 노래가 작고 희미하게 겨우 들릴 정도였다. 좌가 고개를 끄덕이며 왼팔을 올려 뻗자, 우는 오른 다리를 내려 디뎠다.

우는 좌보다 먼저 진달래 꽃다발을 아청에게 선사하고 싶었다. 마지막 꽃송이에 대한 욕심은 버렸다. 절벽에 붙어 바라보면 특별한 꽃송이지만 다발에 넣으면 많은 꽃송이 중 하나일 뿐이었다. 다발에 그 꽃이 있든 없든 차이는 미미했다.

우가 내민 꽃다발을 안으며 아청이 어깨 너머를 살폈다.

"좌는?"

우가 답했다.

"잠시만 기다리면 올 거야."

마지막 꽃송이를 따러 올라갔다는 설명은 하지 않았다. 그 꽃송이와의 거리가 꽤 멀었기 때문에, 최소한 열 곡을 마칠 때까진 아청과 둘만 있으리라 여겼다. 우의 말을 듣고도 아청의 시선은 그대로였다. 꽃다발이 품에서 떨어졌다. 팔과 다리에 생채기가 나는 것을 무릅쓰고 절벽에서 따온 꽃들이었다. 우가 급히 돌아섰다. 절벽에서 내려온 것은 좌가 아니라 곰이었다. 우는 저도 모르게 아청 쪽으로 뒷걸음질을 쳤다. 검은 곰이 앞발을 들며 섰다. 우와 아청을 합친 것보다 두 배는 컸다. 우는 아청의 손을 잡고 곰을 노려보며 버텼다. 몸을 돌려 달아나려는 아청의 손을 당기며 속삭였다.

"달아나면 쫓아올 거야. 사람보다 훨씬 빨라."

"…그럼 어떻게 해?"

겨우 입술 밖으로 목소리를 밀어내곤 눈물을 글썽거렸다.

"날 믿지?"

아청이 고개를 끄덕였다. 우는 아청의 손을 잡은 채 곰을 향해 섰다. 곰이 입을 벌리고는 괴성을 질러댔다. 날카로운 송곳니에서 찐득한 침이 떨어졌다. 우는 결심했다. 무슨 일이 있더라도 이 손을 놓지 않겠다고. 그녀를 꼭 살리겠다고.

군선이 안면소에 닿자 순식간에 바람이 잦아들고 비가 멎으며 구름까지 걷혔다. 노을이 스러진 뒤 별들이 드문드문 반짝이기 시작했다. 무리지어 마을로 내려갔던 척후병이 돌아와서 보고했다. 삼별초 대선단이 이곳에 머물다 사흘 전

떠났다는 것이다. 우는 해가 뜨자마자 출항한다는 명령을 내렸다. 폭풍우 속에서 이틀 밤낮을 꼬박 견딘 병사들은 눈을 감자마자 곯아떨어졌다.

깨어 해안을 돌아다니는 이는 우뿐이었다. 오른손엔 횃불 하나를 들었다. 삼별초에게 협조했다고 봉변을 당하지나 않을까 두려운 안면소 사람들은 대문을 걸어잠갔다. 고기잡이를 나서는 어부도 당분간 없을 것이다.

숯덩이와 타다 남은 장작을 확인하며 천천히 걸음을 뗐다. 땅을 파고 불을 피운 흔적이었다. 급히 강화경을 떠나느라 양식을 제대로 챙기지 못했으리라.

항해에 지치고 굶주린 삼별초와 그들을 따르는 백성은 배에서 내려 모처럼 밥을 지어 배불리 먹었다. 선단 후미를 괴롭히던 추격선도 자취를 감춘 것이다.

불을 피운 자리는 오와 열을 맞추지도 않았고 간격도 제각각이었다. 해안 가까이에서 찾은 크고 단단한 숯들만 이십 보씩 일정했다. 삼별초 정예병이 해안 진지를 활처럼 휘는 모양으로 구축한 뒤, 백성들을 그 안으로 옮겨 보호한 것이다. 우는 고개를 끄덕였다. 왕과 백성을 위해 목숨을 바치는 삼별초다웠다.

더 이상 숯덩이가 없는 곳까지 나아갔다가 돌아섰다. 수첩을 꺼내 반도의 해안과 숲을 발견한 지점을 빠르게 표시하며 그렸다. 선단이 일천 척이라고 들었을 땐 과장이 심하다고 여겼다. 그러나 불을 피운 자리로 볼 때 대소선 일천 척이 되고도 남았다. 이것이 도읍지를 강화경으로 옮겨 38년이나 제국과 맞선 이들의 꺼질 줄 모르는 마음이었다. 우도 그 마음의 열기를 충분히 알고 있었다. 강화경에 태어난 날부터 제국과 싸울 마음만 길렀던 것이다.

그런 우가 이제 그 마음을 버렸다. 새로운 꿈을 꾸기로 했다. 북쪽의 끝, 서쪽의 끝, 남쪽의 끝을 장악한 제국은 최강이었다. 제국과 싸워 이긴다는 것은 실현가능성이 전무한 여름날의 달콤한 꿈에 불과했다. 제국에 더 맞서다간 왕국 전체가 절멸할 위기였다. 왕이 결단을 내렸고 우는 그 뜻을 받아들였다. 이제부터 철저하게 제국을 위해 살 것이다. 제국이 더 강성해지는 길에 왕국의 장수인 자신이 공을 세운다면, 황제는 왕국을 제국의 변방이 아니라 핵심으로 인정할 수도 있을 것이다. 우는 왕국의 백성과 함께 제국의 영광을 누리고 싶었다. 나아가 사랑하는 여인 아청을 제국의 으뜸 가인으로 만드는 것이 우가 그리는 꿈의 종착지였다.

되돌아오는 시간은 세 배나 더 걸렸다. 숯이나 장작뿐만 아니라 떨어지거나 파묻힌 물건들까지 살폈던 것이다. 목검도 있고 나무 수저도 있었으며 부서진 유리병과 찢긴 보자기도 있었다. 그렇게 일곱 군데를 살피고 여덟 번째 허리를 숙였다. 횃불을 비추며 왼팔을 뻗어 엄지와 검지로 무엇인가를 집어들었다. 거문고 현을 받히는 안족(雁足, 기러기발)이었다. 고음의 안방에 있던 거문고도 서재의 노래 뭉치와 함께 사라졌었다. 우의 가슴으로 파도가 쳤다. 밤바다를 향한 눈동자는 벌써 아청의 군선을 찾는 중이었다.

아청은 거문고 연주를 꺼렸다. 당대 최고수인 아비 고음에 비하면 턱없이 하찮은 솜씨라고 했다. 그러나 고음에게서 매일 거문고 배울 기회를 잡은 이는 외동딸뿐이었다. 그때도 초봄이었고, 아청과 좌와 우는 열다섯 살이 되었다. 아청은 방상을 대표하는 가인으로 자주 무대에 섰고, 좌와 우 역시 좌별초와 우별초에서 검술 솜씨가 빼어난 무인으로 주목받았다. 셋이 모여서는 노래나 검술에 관한 이야기를 나누지 않았다. 일부러 피한 것이 아니라, 함께 따질 고민거리가 너무나도 많았던 것이다. 새들은 왜 울며 또 그 울음은 왜 제각각인지, 해가 질 때 하늘은 왜 붉은지, 기쁠 때 왜 눈물이 나는지…, 끄집어낼 문제들은 끝이 없었다. 분명하다고 믿었던 온갖 것들이 쌓여 질문의 탑이 되었다. 셋은 지루한 줄도 모른 채 서로 묻고 궁리하고 답을 제시했다가 취소하고 또 궁리하기를 반복했다. 열다섯 살은 그런 나이였다.

서경과 개경을 지나 벽란도에서 배를 타고 강화경으로 향한 제국의 사신은 고음을 지목하여 거문고 연주를 듣겠다고 했다. 사신은 이미 세 차례나 강화경을 다녀갔고, 그때마다 신기에 가까운 고음의 거문고 연주에 흠뻑 취했던 것이다. 그런데 그 봄엔 고음이 오른 팔을 쓰지 못했다. 술 단지를 품고 나오다가 쓰러져 손목이 부러진 탓이다. 고음은 자신을 대신할 거문고 연주자로 아청을 지목했다. 스승을 대신하여 제국에 솜씨를 뽐낼 기회를 내심 노리던 방상의 악공들은 실망과 질투를 감추지 않았다. 아청의 노래는 방상에서 으뜸이지만 거문고 연주까지 그와 같은지 점검해야 한다는 요구가 높았다. 아청의 연주를 들은 이는 고음뿐이었다. 좌와 우도 그녀가 튕기는 가락을 문 밖에서 스친 것이 전부였다. 왕은 고음을 불러 아청의 실력을 물었다. 고음은 자신과 어깨를 견주고도 남음이 있다고 답했다. 왕은 고음을 믿었다.

아청은 거문고를 품고 행인의 발길이 닿지 않는 암자로 들어갔다. 고음의 은신처 중 하나였다. 연주는 이틀 후였고, 그때까지라도 집중해서 연습하기 위해서였다. 이틀 동안 폭설이 내렸다. 고음은 좌와 우를 방상의 연습실로 새벽에 은밀히 불러냈다.

"데려와. 해가 지면 연주를 시작해야 하네."

둘은 나란히 말을 타고 질주했다. 눈이 쌓여 길이 사라진 숲부터는 말에서 내려 걸어야 했다. 무릎까지 빠지는 눈을 헤치며 나아가던 좌와 우는 미륵불이 새겨진 선바위에서 잠시 다퉜다. 암자로 향하는 길은 동로(東路)와 서로(西路) 둘인데, 우는 동로를 좌는 서로를 고집했다. 계곡을 낀 동로는 물소리가 경쾌했고 솔숲이 깊은 서로는 새소리가 흥겨웠다.

셋은 두 번 암자까지 봄나들이를 간 적이 있었다. 아청은 자랑이라도 하듯 두 벗을 안내했고 두 길에서 노래도 불렀다. 우는 아청이 계곡에서 부른 떨림이 많은 노래를 최고로 꼽았고, 좌는 솔숲에서 시작한 울림이 큰 노래를 으뜸이라 회상했다. 꼭 다시 걷고 싶은 길과 듣고 싶은 노래가 달랐던 것이다. 지금까지 둘은 의견이 다를 때 누구에게 운이 있는가를 간단한 내기로 확인했다. 그러나 이번엔 운을 시험하지 않았다. 동로와 서로로 나누어 오르기로 한 것이다. 둘이 같은 길로 함께 올랐다가, 다른 길로 내려오는 아청과 어긋날 것까지 염두에 뒀다. 어느 쪽이든 아청을 발견하면 곧장 하산하기로 했다. 반대편 길까지 소식을 전할 방법이 없었다.

우는 동로 계곡길을 힘겹게 올랐다. 꽃샘추위의 살얼음 위로 눈이 쌓였다. 첫 걸음부터 얼음이 깨지면서 두 발이 젖었다. 발이 젖자 냉기가 머리끝까지 올라왔다. 손과 어깨와 턱이 마구 떨렸다. 동로 계곡길에 비하자면 서로 숲길은 훨씬 걷기 편하겠다는 생각이 들었다. 나무와 나무 사이로만 달리니 발이 물에 젖을 일은 없을 것이다. 숲길이 더 안전하다고 주장했던 좌의 얼굴이 떠올랐다. 빈틈없이 신중한 친구였다. 너무 많은 것을 고려하여 결정이 늦고 움직임이 더디지만, 결심한 뒤엔 폭풍처럼 내달려 초반의 부진을 만회했다. 우는 언제나 시작과 함께 선두로 치고나갔다. 추격이 힘들 만큼 독주했다 여기는 순간, 좌가 따라 붙어 힘겹게 승부를 본 적이 많았다. 솔직히 좌가 우보다 한두 번 더 목적지에 먼저 닿았다. 우는 이번만큼은 역전을 허용하기 싫었다. 가장 멋진 노래를 들었던 동로 계곡길을 뛰어올라 아청을 먼저 찾고 해가 지기 전에 내려오고 싶었다.

암자에 도착할 때까지 세 번 더 살얼음을 깼다. 발목이 꺾이거나 얼음에 발바닥을 찔리지 않은 것만도 다행이었다. 숨이 턱밑까지 차올랐지만 참고 비탈을 올랐다. 급히 뛰는 심장만이 냉기를 이겨낼 듯했다.

암자를 지나칠 뻔했다. 폭설이 좁은 마루는 물론이고 낡은 지붕까지 덮어버린 것이다. 우는 차디찬 양손으로 호미처럼 눈을 파냈다. 아청이 암자를 떠나지 않았기를 빌며 문고리를 잡았다. 이런 날 눈 속을 헤매다 쓰러지면 끔찍한 최후를 맞을 수밖에 없다. 문고리를 당기자 삐걱대며 문이 열렸다. 한낮인데도 방은 어두컴컴했다. 아랫목에 이불을 덮고 누운 아청이 눈에 들어왔다. 다행이었다.

우는 신발을 신은 채 방으로 들어가자마자 북풍이 따라 들어오지 않도록 방문을 서둘러 닫았다. 인기척을 냈는데도 아청은 일어나 앉지 않았다. 고개를 돌려 눈길 줄 힘도 없는 듯했다.

많이 아프구나!

우는 양손을 제 겨드랑이에 넣어 비볐다. 바깥 기운을 옮기고 싶지 않았다. 손바닥으로 아청의 이마를 짚었다. 열이 펄펄 끓었다. 이틀 전 집을 나설 때와는 딴판이었다. 잠도 자지 않고 밥도 먹지 않고 거문고 연습에만 몰두하다가 덜컥 열병에 걸린 걸까. 이렇게 아프다면, 제아무리 제국의 사신이 기다린다 해도 하산하여 거문고를 연주하는 것은 불가능했다. 사람부터 살려야 했다. 찬바람 맞으며 눈 덮인 산을 내려 가다가는 열병이 악화될 것이다. 하루 이틀 간병하며 병세를 살피기로 마음을 고쳐 먹었다. 아청이 제 이마를 짚은 우의 손목을 쥐었다. 식은땀이 배어 끈적끈적했다.

"왔구나…. 데려다줘!"

아청이 눈꺼풀을 겨우 밀어올렸다. 눈두덩까지 젖었다. 고통 속에 홀로 울다 잠든 걸까. 누군가 오기만을 기다린 걸까. 우가 아청의 이마를 쓸며 고개를 저었다.

"안 돼. 이 몸으론 무리야."

갈라져 마른 아청의 입술에 피가 비쳤다.

"내가 안 가면, 아버진…, 돌아가실 지도 몰라. 전쟁이…, 일어날 수도 있고…."

제국의 사신이 부쩍 트집을 잡긴 했다. 황제에게 바친 새매의 크기가 작다든가 사냥술이 떨어진다고 했고, 악기 소리가 형편없다고도 했다. 매 사냥꾼과 악공들을 제국의 도읍지로 보내 오해를 풀긴 했지만, 그 후로도 사신은 크고 작은 비

난을 멈추지 않았다. 강화경에서 나오지 않는 왕의 잘못을 부풀려 다시 한 번 침공하려는 속셈이 아니냐는 풍문까지 돌았다. 이번 침공이야말로 가장 참혹한 결과를 낳을 것이라고도 했다. 왕국은 망하고, 왕부터 천민까지 제국으로 줄줄이 끌려가리란 것이다. 왕은 불행을 막기 위해, 태자와 신하들을 번갈아 제국의 도읍지로 보냈다. 명절은 물론이고 황제의 생일, 또 왕이 황제를 처음 만난 날을 기억하여 축하사절을 파견했다. 갈 때마다 귀한 선물을 아끼지 않았다. 사신이 원한 거문고 연주를 준비하지 못한 것은 제국에 대한 크나큰 결례였다. 꽃샘추위에 내린 폭설이나 가인 아청의 열병 따위가 변명이 될 순 없었다.

"할 거야, 난!"

아청이 왼손을 힘겹게 들어올렸다. 손가락 끝에 피멍이 맺혔다. 이틀 밤낮으로 연습한 증거였다. 거문고를 익히며 이미 스무 번도 넘게 손가락 살갗이 벗겨지고 새 살이 돋았다. 아청은 굳은살이 두툼한 왼손을 자주 등 뒤로 감추기도 했다. 그 손가락에 다시 피멍이 잡힌 것이다.

"방상에 악공은 많아. 너보다는 못하겠지만, 그래도…."

아청이 머리와 목과 등을 동시에 들며 두 팔로 우를 끌어안았다. 갑작스런 포옹에 놀란 그는 바위처럼 가만히 있었다. 그녀가 품에 처음 안긴 것이다. 손을 쥔 적은 있지만, 가슴과 가슴이 닿기는 처음이었다. 그녀가 귓불에 입김을 불어넣으며 속삭였다.

"…널 믿어, 언제나처럼!"

속삭임이 낙엽처럼 부서졌다. 우가 그녀를 향해 천천히 고개를 돌렸다. 그의 뺨이 그녀의 뺨에, 그의 콧날이 그녀의 콧잔등에 닿았다. 그녀의 눈에서 그녀를 바라보는 자신을 보았다. 그의 입술이 그녀의 입술에 끌리듯 붙었다. 그녀의 열망이 그의 입술과 잇몸과 혀와 목으로 밀려들었다.

우는 이불과 요로 아청과 자신의 몸을 둘둘 말았다. 그녀는 눈을 감은 채 우가 이끄는 대로 몸을 맡겼다. 우는 아기처럼 그녀를 업고 거문고를 가슴에 품었다. 어깨에서 옆구리까지 사선으로 어긋나게 줄을 묶었다. 비탈을 내려가려면 두 팔을 자유롭게 써야 했다. 암자를 나서며 결심했다. 해가 지기 전까지 아청을 왕궁으로 데려가겠다고. 그녀에게 불행이 닥쳐올 리 없다고. 눈 덮인 계곡을 한 몸으로 내려온 자신이 불행을 전부 대신 받겠다고.

그 저녁 이후 아청은 거문고를 연주한 적이 없었다. 제국의 다른 사신들이 소문을 듣고 찾아와 종용했지만, 그녀는 고음에게 연주를 미룬 후 바닷가 집을 떠나 있곤 했다. 그때 동행한 벗이 좌와 우였다. 그들 역시 거문고 연주를 듣고 싶었지만 청하지 않았다. 그녀는 악기 하나 없는 텅 빈 방 창가에 오랫동안 앉아 있었다. 숲과 바다의 온갖 소리들이 찾아들었지만, 그녀는 어떤 소리도 내지 않았다.

우는 안면소에서 주운 안족을 소매 깊숙이 넣었다. 아청과 재회하면 대화의 시작으로 삼을 물건이었다.

새벽에 추토선 다섯 척이 안면소에 도착했다. 우가 벽란도를 떠났다는 소식을 접하고 뒤따라온 군선들이었다. 다섯 장수가 우의 군선으로 건너와서 예를 갖췄다. 그들은 우와 동갑이거나 한두 살 어렸지만, 너나들이를 하지 않았다. 서경까지 잠입하여 북을 암살하고 생환한 후부터 우는 삼별초 장졸에게 특별한 존경을 받았다. 우와 어깨를 나란히 하는 또래 장수는 좌뿐이었다.

어둠이 걷히는 안면소 해안에서 첫 회의를 열었다. 우는 놀랍게도 벽란도 귀환을 권했다. 장수들이 버티자 속마음을 내비쳤다.

"나아가긴 하되 돌아올 방법을 마련하지 못했습니다."

두 장수가 차례로 답했다.

"서경에서 북을 암살할 때와 같은가요?"

"편히 돌아올 길만 찾았다면 이렇게 오지도 않았습니다."

장수들의 결의를 확인한 우는 미안한 얼굴로 덧붙였다.

"하나만 약속해주십시오. 전투가 벌어지더라도, 내가 신호를 보내기 전까진 참전하지 않겠다고."

안면소를 떠난 군선들은 때마침 불어온 순풍을 만났다. 모처럼 숙면을 취한 우의 병사들은 합류한 다섯 척의 군선을 보고 사기가 치솟았다. 웃고 떠들지 않는 이는 뱃머리의 우뿐이었다.

서경 지하 감옥에서 3년 동안 옥살이를 하고 강화경으로 돌아온 후, 우는 꼬박 보름을 앓았다. 감옥에서는 노래 한 소절도 맘껏 부르기 힘들었다. 서경을 떠난 배가 강화경에 닿자마자 우의 무릎이 꺾였다. 겨우 두 다리에 힘을 실어 삼별초 본진에 귀환 보고를 마친 뒤, 왕이 특별히 하사한 가마를 타고 집 앞 대문을 통과한 직후부터 기억이 나지 않았다. 정신을 잃으며 가마에서 떨어지는 바람에 큼지막한 혹까지 이마에 생겼다.

온몸이 시커멓게 변하며 살이 곪아 터졌다. 그 상처가 묘하게 꽃송이를 닮았다. 마당까지 악취가 날 정도였다. 지하 감옥에서 쌓인 독들이 죽음 꽃으로 피어난 것이다. 의원(醫員)들이 줄줄이 불려와 방으로 들어갔지만 버티지 못하고 나왔다. 발소리가 문지방만 넘으면, 우가 벌떡 일어나서 소리소리 지르며 장검을 휘두르려 했다. 부릅뜬 눈은 검은 동자도 없이 온통 하얬다. 스스로를 지키기 위한 몸부림이었다. 우의 몸에 살짝이라도 닿으면 진물과 악취가 옮아왔다. 하루 종일 씻어도 더러움이 가시지 않았다.

우가 곧 죽을지도 모른다는 풍문이 돌았다. 북이 악귀가 되어 우의 몸에 들러붙었다는 것이다. 왕은 귀한 약재를 내렸지만 효험이 없었다. 열흘 뒤 아청이 백자를 옆구리에 끼고 찾아왔다. 열 군데 사찰을 돌며 구국 법회에서 노래를 불러야 했기에, 생환한 벗을 만날 날이 늦춰진 것이다. 법회와 법회 사이에 여유가 있었지만, 아청은 노래 한 곡을 위해 허락된 시간을 모두 집중하는 가인이었다. 우의 가족이 대문 앞에서 그녀를 막아섰다. 문병 온 것만도 고맙다고 했다. 악취가 굳게 잠근 대문을 연기처럼 타넘어 왔다.

아청은 얼굴이라도 보겠다며 마당으로 들어섰다. 가족들은 수건으로 코를 막고 대문 밖에서 기다렸다. 그녀는 수건을 꺼내지도 않고 웃음을 머금은 채 마루로 올라섰다. 문지방을 넘자 시체처럼 누웠던 우가 일어섰다. 극심한 악취가 그녀의 얼굴을 덮었다. 우가 장검을 쥔 채 달려들려 했다. 그녀가 노래를 부르기 시작했다. 검무를 위해, 우 앞에서 수백 번 불렀던 노래였다.

어디다 던지던 돌인가

누구를 맞히던 돌인가

미워할 이도 사랑할 이도 없이

맞아서 울고 있노라.

노래가 들리자 우는 걸음을 멈추고 고개를 저으며 귀를 기울였다. 천천히 박자를 타며 두 발을 놀렸다. 날카로우면서도 부드럽고, 단단하면서도 여리게. 우는 그녀를 빙빙 돌았다. 가까이 다가서기도 하고 멀리 물러나기도 했다. 다가설 때도 그의 몸이 그녀에게 닿진 않았다. 그녀는 소리를 느리게 점점 줄이는 방식으로 노래를 마쳤다. 소리가 작게 늘어지자 우의 발동작도 둔해졌다. 노래가 멈추는 것과 동시에 그는 이불 위로 누웠다.

아청은 우의 저고리와 바지를 벗겼다. 옷 여기저기가 진물에 들러붙어 떨어지지 않았다. 그녀가 조심조심 손을 놀려도 우의 몸이 움찔움찔 고통에 떨었다. 속옷까지 모두 치우자 그녀의 이마에 땀이 흥건했다. 처음 마당으로 들어설 때의 미소도 사라졌다.

머리맡에 놓아둔 백자를 무릎까지 당겨 열었다. 고음이 반백 년 전에 담근, 먹구렁이 다섯 마리가 들어간 뱀술이었다. 농익은 향이 악취를 서서히 지워나갔다. 아청은 깨끗한 수건에 술을 적셔 우의 몸을 닦기 시작했다. 발바닥부터 무릎과 허벅지와 사타구니와 배와 가슴과 어깨와 얼굴까지 정성을 다했다. 수건이 닿은 부위가 점점 붉은 빛을 띠었다. 진물이 더 탁해졌다. 새 수건을 꺼내 바삐 진물을 훔쳤다.

백자 한 통을 모두 썼다. 한 군데만 제외하고 우의 몸 전체가 검붉게 바뀌었다. 진물도 더 이상 흐르지 않았다. 명치의 검은 살갗이 탁해지더니 혹처럼 튀어나왔다. 아청이 손바닥으로 그 부위를 어루만졌다. 가장자리 검은 기운은 조금 옅어졌지만, 명치는 더 부풀어 아기 주먹만큼 커졌다. 아청은 무릎을 꿇고 우의 가슴에 얼굴을 가까이 댔다. 그리고 거문고를 뜯던 왼손 검지로 명치의 살갗을 뜯어내며 입으로 막았다. 터져나온 고름과 진물을 빨았다. 아기 주먹만한 부위가 평평해질 때까지, 아청은 숨도 쉬지 않고 우의 몸에 쌓인 독들을 빨아들였다. 그녀의 얼굴이 시커멓게 변하더니 검은 눈물이 떨어졌다. 우가 정신을 차린 것은 바로 그 순간이었다. 명치로 시원한 바람이 밀려들며 온몸이 가벼워진 것이다. 우는 제 명치에 입술을 대고 엎드린 여인을 밀어냈다. 여인은 엉덩방아를 찧자마자 백자를 찾아 얼굴을 대고는 토하기 시작했다. 그녀는 놀랍게도 아청이었다.

　나중에 우는 의술에 정통한 고승 법민(法民)에게 들었다. 아청이 독을 빨아내지 않았다면 우는 죽었다고. 또한 아청이 그 독을 조금이라도 삼켰다면 그녀가 죽었으리라고. 아청은 우를 구하기 위해 제 목숨을 건 것이다. 우는 그것을, 자신을 향한 아청의 마음이라 여겼다. 긴 시간을 아청과 좌와 함께 셋이 보냈지만, 한 남자가 한 여자를 만나 혼인을 하고 가정을 이룰 땐 아청과 우, 이렇게 둘만 남으리라고 확신했다.

　이틀을 쾌속으로 남진했다. 돛대 꼭대기에서 사방을 살피던 병사로부터 삼별초 선단의 후미가 보인다는 보고가 내려왔다. 우는 다섯 장수를 자신의 군선으로 불러 선상 회의를 열었다. 벽란도를 떠난 후로 줄곧 세운 계획을 밝히기 전에 다시 한 번 강조했다.

"아직 늦지 않았어요. 무사귀환을 보장하기 어렵습니다."

다섯 장수가 동시에 웃음을 터뜨렸다.

우는 하루를 꼬박 외해(外海)로 크게 돌 것이라고 했다. 지금까지 배들은 모두 섬과 섬 사이 내해(內海)로만 움직였다. 파도가 높고 바람이 빨라지면 대부분의 배들은 재빨리 섬에 붙어 바다가 잔잔해지기를 기다렸다. 외해에서 폭풍우라도 만나면 피할 길이 없기 때문이다. 선봉을 고집하는 좌의 군선을 공격하기 위해선 이 방법밖에 없었다. 내해로 선봉까지 가려면 일천 척의 배를 지나쳐야 했다. 후미를 지나가기도 전에 의심을 받고 곤경에 처할 것이다. 외해로 단숨에 돈 뒤 좌의 군선을 기다리는 편이 나았다. 다섯 장수도 우를 따라 외해로 가겠다고 했다. 우까지 포함해서 군선을 책임진 그들이 외해로 나가긴 처음이었다.

외해로 은밀히 내려가겠다는 우의 계획은 다음날 아침 바뀌었다. 돛대 꼭대기 병사로부터 흥미로운 보고가 내려온 것이다. 군선 한 척이 대선단의 후미를 돌고 있는데, 다른 소선들이 자석에 끌리듯 그 배로 다가간다고 했다. 군선의 뱃머리엔 거문고를 연주하며 노래부르는 여인이 앉았다고 했다. 보고를 받은 우는 단숨에 그 여인이 누구인지 알아차렸다.

아청, 아청이다!

선봉만 고집하던 좌의 군선이 후미에 나타난 것이다. 우는 외해로 향하던 군선들에게 대기 명령을 내렸다. 그리고 하루 동안, 좌의 군선이 어떻게 움직이는가를 은밀히 살피며 기다렸다. 선봉에서 후미로 내려온 이유를 알 수는 없지만, 좌의 군선이 후미에 있는 이상 외해를 돌아 선봉까지 가는 수고를 던 셈이었다. 마음 같아서는 당장 접근하여 전투를 벌이고 싶었다. 그러나 우의 군선 돛대에 눈 밝은 병사가 올라가 있다면 좌의 군선도 마찬가지였다. 확실한 기회를 잡기 전까진 충분히 거리를 유지하는 것이 중요했다.

우는 벽란도를 출발할 때부터 줄곧 던진 질문을 다시 꺼내 쥐었다. 왜 아청은 강화경에서 좌의 군선에 탔을까. 우는 스스로 답을 내렸다. 아청이 자발적으로 승선한 게 아니다. 아청은 좌에 의해, 좌를 추종하는 삼별초 병사들에게 납치된 게 분명하다. 억지로 배에 끌려 올라갔으며, 그 억울함과 슬픔을 뱃머리에서 노래로 풀고 있는 거다. 그러니 꼭 구해내야 해. 아청은 내 사람이니까.

다음날은 새벽부터 안개가 짙었다. 우는 안개가 걷히기 전에 좌의 군선을 급습하기로 마음을 정했다. 좌의 군선은 오늘도 후미의 소선들 사이에 머물렀다. 우는 병사들 입에 나무토막을 물린 채 후미로 접근했다. 앞은 아직 안개로 자욱했지만 노랫소리가 먼저 우의 귀에 닿았다. 안개 낀 바다 위에서도 아청의 노래는 이슬을 털어낸 숲속 새소리처럼 맑았다. 우는 눈을 감고 숨을 들이마시듯 그 소리를 받아들였다. 영영 잃어버리지나 않을까 두려웠다. 이제 저 목소리의 주인공과 함께 돌아갈 일만 남았다.

우가 택한 급습 전술은 간단했다. 활을 쏘지 않고 조용히 접근한 뒤 단숨에 돌진하여 좌의 군선을 들이받는 것이다. 쳐서 깨뜨리는 당파(撞破)는 삼별초 가운데 우가 가장 즐기고 또 능숙한 전술이었다.

아청의 노래가 점점 크고 또렷하게 들렸다. 바람과 만나면 바람 소리가 되고 물새와 만나면 물새 소리가 되고 파도와 만나면 파도 소리가 되어 흐르다가 사람들에겐 다시 아청의 소리로 닿았다. 한 사람의 소리이자 만물의 소리였다. 강화경을 떠나 머나먼 섬으로 옮겨가는 힘겨움을 말끔히 씻어버리고도 남았다. 소선들이 다투어 좌의 군선으로 다가가는 이유도 그 노랫소리로부터 힘을 얻기 위해서였다. 오늘의 고통은 내일의 즐거움을 위해 마련된 것이다. 오늘의 굶주림 역시 내일의 배부름에 비한다면 지극히 작은 어려움이다. 그러니 이겨내자. 이 항해만 견디면, 새로운 세상이 열린다. 그 세상은 우리 것이다.

해류를 타고 접근하던 우의 군선이 갑자기 속도를 냈다. 노를 젓는 병사들 손이 바빠졌다. 우는 뱃머리에서 고개를 꺾었다. 당파를 위해서는 적선의 허리 부분으로 돌진하는 것이 최선이었다. 부딪친 적선을 두 동강내면 그 다음은 침몰뿐이다. 아청의 노래가 점점 또렷하게 들렸다. 순간 안개가 걷히면서 좌의 군선이 모습을 드러냈다. 군선에 탄 병사들은 하나같이 놀란 표정이었다. 귀신처럼 나타난 우의 군선이 두려웠던 것이다. 공포에 가득 찬 갑판 위에는 좌도 있었다. 짧은 순간, 좌와 우의 시선이 부딪혔다.

너냐?

네게 빼앗길 수는 없어.

좌가 장검을 뽑아들며 적의 급습을 알리기도 전에 우의 군선이 좌의 군선을 들이받았다. 쿠쿵 소리에 뒤이어 우지직 소리가 나며 좌의 군선이 기울었다. 좌와 그의 병사 십여 명이 바다로 떨어졌다. 노래를 멈춘 아청은 한 손으로 거문고를 잡고 다른 손으론 난간을 쥔 채 눕다시피 하며 겨우 버텼다. 우가 장검을 들고 재빨리 좌의 뱃머리로 뛰어내렸다. 난간을 붙든 아청의 팔을 당겨 끌어안으려 했다. 가슴을 밀치며 아청이 우의 얼굴을 쳐다보았다.

"우? 네가 어떻게 여길…?"

배가 반원을 그리며 심하게 기울었다. 두 동강이 난 채 침몰하는 중이었다. 우는 오른팔로 아청과 거문고를 동시에 감싸안았다. 고개를 들어 손짓하자 부장이 올가미 매듭을 채운 밧줄을 던졌다. 밧줄에 왼팔을 넣고 두 번 감아 잡은 뒤 허공으로 몸을 던졌다.

침몰한 군선 근처로 소선들이 몰려들었다. 한편으로는 바다에 빠진 병사들을 구조하고 다른 한편으로 우의 군선을 에워싼 채 달아나지 못하게 막았다. 우를 구하기 위해 줄을 당기는 병사들을 향해 화살을 쏘기도 했다. 그 중 한 발이 아청을 향해 날아갔다. 우가 몸을 돌려 대신 등에 화살을 맞았다.

"윽!"

우가 비명을 삼키며 버텼다. 이상한 낌새를 느낀 아청이 턱을 들고 우를 쳐다봤다. 우는 입귀를 올리며 억지로 웃었다. 화살 따위 맞은 적 없는 사람처럼.

우와 아청이 겨우 갑판에 올라섰을 때, 다섯 척의 군선이 우를 구하기 위해 나아왔다. 반면 삼별초의 정예 군선은 대선단의 선두에 집중 배치되었다. 후미까지 이른 배는 좌의 군선뿐이었다. 고기잡이나 하던 소선들은 우를 구하기 위해 달려온 군선 다섯 척을 대적할 수 없었다. 퇴로가 열리자 우는 지체 없이 후퇴했다. 다섯 척의 군선에게 소선들을 공격하지 말고 물러나란 명령을 내렸다.

"장군! 피가⋯."

부장의 말을 우가 눈짓으로 막았다. 등에 박힌 화살에서 새어나온 피가 오른팔과 옆구리로 흘러내렸다. 우는 상처를 감추기 위해 몸을 틀고 아청에게 말했다.

"걱정 마. 다 끝났어."

우의 군선에 서서 좌의 군선이 침몰한 바다를 보며 눈물 쏟는 이는 아청뿐이었다. 우는 그녀의 시선을 따라 군선의 파편과 물에 빠져 죽은 병사들을 내려다보았다. 그 옆에 흩어져 떠도는 젖은 종이들이 보였다. 아청이 목숨만큼 아끼는 노래 뭉치였다.

3

정석가

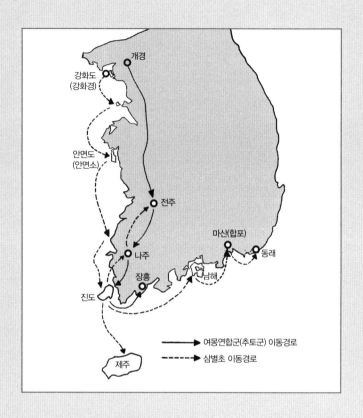

삼별초의 남하 경로

강화를 떠나 제주에 이르기까지 삼별초의 남하 여정.

좌의 성은 김(金)이고 이름은 성도(成道)이다.

좌는 아청의 노래를 누구보다도 아꼈지만 항상 박수를 보내지는 않았다. 대신 한숨짓거나 눈물 글썽인 날이 적지 않았다. 훈련 때문에 우가 먼저 방상의 연습실을 떠난 날, 아청이 좌에게 말했다. 스무 살 가을이었다.

"슬퍼 보여. 오늘은 이별 노래를 하나도 안 불렀는데…."

좌가 비밀을 들킨 듯 어색한 미소와 함께 말했다.

"사랑 노래는 전부 이별 노래 같아."

"이별 노래? 내 노래가 울적하단 거야?"

"아냐. 찬란한 사랑의 순간을 너처럼 화려하게 펼쳐 보이는 가인은 없지. 너무 아름답고 귀해서 그런가봐. 영원한 사랑은 없다고들 하잖아? 화산처럼 뜨거운 사랑도 언젠간 식어 사라질 테지."

아청은 고집을 부렸다.

"영원한 사랑도 있어. 난 그 사랑의 영원함을 노래할 거고. 내가 노래할 땐 이별을 당겨서 걱정하지 마."

좌가 쓸쓸하게 웃음을 머금었다가 그마저 지웠다.

"그럴까, 그런 사랑이 있을까?"

선단의 후미에 가서 노래를 들려주자고 제안한 이는 아청이었다. 소선들이 속도를 높여도 선봉의 군선에서 부르는 그녀의 노래를 듣기 힘들었던 것이다. 앞서 가는 자보다 뒤따르는 자가 더 힘들고 고단한 법이다. 그녀는 크고 단단한 군선에 탄 강인한 정예병뿐만 아니라 낮은 파도에도 뒤집힐 듯 출렁이는 소선을 몰고 강화경을 떠난 백성까지 노래로 위로하고 노래로 격려하고 싶었다. 그 배려가 좌와 아청을 갈라놓을 줄은 몰랐다.

우는 벽란도로 돌아갈 때까지 아청을 지휘방에 머무르도록 했다. 여섯 척의 배가 전속력으로 북진했다. 강화경을 지난 후에야 우는 지휘방으로 향했다. 다행히 추격선은 없었다. 삼별초는 급습에 대한 보복보다 남진하여 새로운 섬 진도에 안착하는 것이 급했다. 문 앞에서 부장이 막아섰다.

"화살부터 뽑으셔야 합니다. 지체하면 살이 썩어 들어갈 겁니다."

등에는 여전히 화살이 박혀 있었다. 흐르던 피가 옆구리에서 굳어 검붉은 피떡이 되었다.

"뽑아줄 사람한테 가는 거야."

우가 눈짓으로 지휘방을 가리켰다. 부장은 납득하기 힘든 표정이었다. 아청이 방상의 으뜸 가인인 것은 맞지만 의원은 아니지 않은가. 우가 문을 열고 들어서자 부장도 따라 들어왔다. 고개를 숙인 채 긴 머리를 늘어뜨리고 앉았던 아청이 급히 일어서며 물었다.

"좌는?"

우는 대답 대신 등을 보이며 돌아섰다. 부장의 도움을 받아 갑옷을 벗었다. 구멍 뚫린 속옷이 피와 엉겨서 벗겨지지 않았다. 소매를 끌어당기자 화살까지 흔들렸다.

"윽!"

극심한 통증에 우는 아랫입술을 윗니로 깨물며 신음을 삼켰다. 당황한 부장이 손을 놓았다.

"죄송합니다."

우가 단검을 꺼내 아청에게 내밀었다. 푸른 칼날이 그녀의 눈동자에서 번뜩거렸다. 부장이 끼어들려 했다.

"제가 다시…."

우가 아청에게 물었다.

"해줄 거지?"

등에 박힌 화살을 보던 그녀가 단검을 쥐며 답했다.

"깨끗한 수건과 냉수 그리고 상처를 압박해서 묶을 천."

우가 부장을 향해 고개를 끄덕였다. 부장이 방을 나섰다. 아청이 우의 소매에 칼날을 대고 화살에서 먼 부분부터 찢기 시작했다. 우는 턱을 들고 눈을 감았다. 단검을 쥔 아청의 오른손과 옷을 잡은 왼손을 상상했다. 서경에서 돌아와 사경을 헤맬 때도 이 손길이었다. 등을 만지고 당기고 밀고 문지르고 속옷을 잘라내는 세심한 손. 아프고 감미로웠다.

아청이 겨우 속옷을 떼어냈을 때 부장이 수건과 냉수와 천을 가지고 돌아왔다. 우의 구릿빛 넓은 등에 화살이 깊이 박혔다. 아청을 지키기 위해 날아오는 화살에 제 몸을 들이댄 것이다. 나아가고 또 나아가는 우에겐 당연한 일이었다. 우가 부장에게 명령했다.

"내가 부르기 전까진 출입하지 마시오."

부장이 예를 갖춘 후 나갔다. 아청이 물었다.

"좌는 어떻게…?"

아청은 전투가 끝나기도 전에 지휘방에 갇혔다. 좌의 군선이 침몰하는 광경은 봤지만 바다에 빠진 장졸의 생사는 확인하지 못했다. 우가 정면을 보며 말허리를 잘랐다.

"화살부터! 뽑고 나면 궁금한 거 전부 답해줄게."

아청이 단검을 씻은 뒤 수건에 물을 적셔 등을 닦았다. 등잔을 당겨 불꽃에 칼날을 넣었다. 칼날이 벌겋게 달아오를 때까지, 그녀는 불꽃을 바라보며 익숙한 손놀림으로 검을 뒤집고 또 뒤집었다. 어색한 침묵이 흘렀다. 아청도 우도 이 어색함이 불편했다. 강화경에서 어울릴 때는 서로의 침묵이 어색하거나 불편한 적이 없었다. 셋이 있든 둘이 있든, 그들에게 침묵은 또 하나의 친밀한 대화였다. 하고 싶은 이야기가 많은 만큼 하지 않고 기다리는 시간도 흥미로웠다. 그러나 지금 그들의 침묵은 단 하나의 이야기로만 집중되었다. 아청은 그 이야기를 서둘러 꺼내고 싶었고, 우는 그 이야기를 최대한 늦추고 싶었다. 그 이야기를 하지 않으니, 둘 사이엔 나눌 이야기가 없었다. 이런 식으로 하나의 이야기가 나머지 전부를 집어삼킨 것은 처음이었다.

"자!"

아청이 침묵을 깼다. 그녀의 손엔 둥글게 만 수건이 들렸다. 고통을 견디기 위해 재갈처럼 물라는 것이다. 우가 오른쪽 입귀를 올리며 고개를 저었다. 고통이 심한 만큼 회복의 기쁨도 크리라. 우는 고통을 줄이는 어떤 도움도 거절했다. 이 고통이야말로 사랑이었다. 그녀가 수건을 그의 허벅지에 올려놓았다. 단검을 들어 칼끝을 화살과 나란히 세웠다.

칼날이 화살과 살갗 사이를 헤집고 들어갔다. 서걱! 쇠와 쇠가 맞닿는 소리가 손끝 발끝 머리끝으로 퍼져나가 울렸다. 어깨가 저도 모르게 움찔 떨렸다. 그녀가 그 어깨를 손으로 잡아 누르며 귓불 가까이 속삭이듯 물었다.

"할까?"

그가 팔을 올려 손바닥으로 그녀의 손등을 덮었다가 내렸다. 그녀가 어깨를 살짝 당기며 칼날을 더 깊이 밀어넣었다. 서걱이는 소리가 들리지 않는 지점까지, 그러니까 화살촉의 날개를 지나 예리한 끝까지 칼날이 들어갔다. 칼날이 들어간 틈으로 시뻘건 피가 흘러내려 발등에 떨어졌다. 그녀는 피를 닦는 대신, 어깨를 당겼던 왼손을 옮겨 화살대를 쥐었다. 오른손에 쥔 단검을 비스듬히 뉘며 칼끝을 화살촉 끝에 댔다. 그리고 숨을 멈춘 뒤 화살대를 서서히 당겼다. 우는 턱을 제 가슴에 붙일 듯 내리며 상체를 세운 채 가슴을 내밀었다. 화살이 조금이라도 쉽게 빠지도록 버티는 것이다. 화살이 거문고 현처럼 떨리며 천천히 뽑혀 나왔다. 단검의 각도가 점점 더 등 쪽으로 누웠다. 화살대에 이어 황동색 화살촉이 나오자마자, 그녀는 냉수를 그의 등에 부은 뒤 수건을 겹쳐 상처 부위에 댔다. 피가 배어 나왔다. 천을 둘둘 감아 상처를 압박했다. 우를 가운데 앉힌 채 열 번도 넘게 맴을 돌았다. 그리고 의자에 앉아 비로소 거친 숨을 몰아쉬었다. 피가 멎는 시간을 앞당기기 위해, 온 힘을 다해 천을 감은 것이다. 그녀는 지혈에 좋은 약주를 기억해냈다. 고음이 세상을 떠났으니, 이제 그 술을 담글 사람도 없다. 우가 돌아앉으려 했다. 그녀가 어깨를 잡고 천으로 두른 등을 찬찬히 살폈다. 다행히 피는 더 이상 비치지 않았다.

"더 다친 데는 없어?"

다리와 옆구리와 목덜미를 살피며 물었다. 그제야 우가 돌아앉았다. 얼굴이 온통 땀투성이였다. 고통을 참아내느라 그 역시 최선을 다한 것이다. 아청이 수건을 들어 얼굴을 닦아주려 했다. 그가 허리를 젖히며 물었다.

"언제 납치된 거야?"

눈을 맞춘 채 아청이 되물었다.

"납치라니?"

"좌의 병사들이 언제 서재로 와서 너를 끌고 갔냐고?"

아청이 단호하게 우의 추측을 무너뜨렸다.

"그런 적 없어."

"거짓말!"

"스스로 간 거야."

"스스로 가다니? 네가 왜? 넌 나를….."

넌 나를 사랑하잖아? 라고 묻기 전에, 아청이 말허리를 잘랐다.

"일천 척에 오른 이들과 같은 이유지."

"일만 척의 배였다고 해도, 넌 그들과 같지 않아."

"38년이나 강화경을 지켰어. 팔만 장의 장경(藏經)을 새겼고. 내 희망, 내 의지는 그들 속에 있어."

우의 표정이 딱딱하게 굳었다. 그가 원한 대답이 단 하나도 나오지 않았다. 우와는 다른 희망을 지녔다는 것이다. 우는 이 자리에서 굳이 아청을 몰아세우지 않기로 했다. 그녀는 어려움에 빠질수록 의지가 더 단단해지는 사람이었다. 대신 지금 상황을 차갑게 알려주는 쪽을 택했다.

"뭐부터 답할까?"

아청은 수건을 든 채 지휘방에 갇힐 때부터 던지고 싶던 질문을 했다.

"좌는…, 어떻게 됐어?"

우가 답했다.

"죽었어."

아청은 다시 말문을 닫았다. 아비 고음이 죽었을 때처럼, 입 없는 사람처럼, 말하지도 먹지도 않았다. 우는 많은 답을 준비했지만 첫 번째 질문에서 그녀가 멈췄다. 좌가 죽었다면, 나머지 질문은 전부 헛되다는 듯이.

우는 벽란도에 도착하자마자 포구에서 가장 좋은 저택으로 아청을 옮겼다. 그녀를 안방에 머무르게 하고 자신은 건넌방을 지켰다. 그녀가 침묵하더라도 곁에 앉아 많은 이야기를 했다. 셋이 처음 만난 날부터 지금까지, 우는 자신이 기억하는 모든 것을 털어놓았다. 특히 세 가지 장면은 하루에 하나씩 되새기며, 주고받은 대화까지 꼼꼼하게 살려냈다. 그녀는 이야기를 거부하지 않았다. 이른 새벽이나 늦은 밤에도 우가 들어오면 앉은뱅이 탁자 앞에 꼿꼿하게 앉았다. 시선을 피하지도 않았다. 다만 무표정으로 일관했다. 우가 기쁘고

슬프고 안타깝고 아프고 허전하고 화나고 무섭고 쓰라린 이야기를 해도, 가만히 듣기만 했다. 아무것도 들리지 않는 것처럼. 들린다 해도 자신이 반응하기엔 너무 먼 이야기처럼.

곡기를 끊은 후로는 하루가 다르게 수척해졌다. 평소에도 야윈 몸매였는데, 손 마디마디와 광대뼈가 튀어나올 정도로 살이 빠졌다. 우는 끼니마다 아청이 좋아하는 음식만 골라 상을 차려 권했다. 숟가락을 손에 쥐어주고 밥을 입에 넣어주기까지 했다. 그녀는 입에 든 것을 모두 뱉어냈다. 우가 바닥에 어지럽게 흩어진 밥알을 보며 한숨을 푹푹 쉬었다.

"벌써 이레나 지났어. 내가 어떻게 하면 먹을래? 원하는 게 뭐냐고?"

그 밤 아청은 자신이 원하는 것을 우에게 보여주었다. 저고리를 찢어 문고리에 묶고 목을 맨 것이다. 우의 명령을 받고 그녀를 감시하던 하녀가 발견하지 않았더라면 끔찍한 최후를 맞을 뻔했다. 문고리는 겨우 가슴 높이에 불과했다. 두 발을 허공에 띄우지 않고 바닥을 굳게 디딘 채 스스로 목을 졸라 죽으려 한 것이다. 우는 저택에서 사람들을 모두 내보냈다. 밤이 왔지만 등잔도 밝히지 않고, 그녀의 머리맡을 지켰다. 어둠 속에서 읊조렸다.

"죽겠다고? 나를 두고 가버리겠다고? 넌 어디에도 못 가. 평생 내 곁에 둘 거야. 알겠어, 아청?"

"아청!"

이름을 부르는 소리에 눈을 떴다. 뱃머리였다. 그녀의 이름을 부른 좌가 환하게 웃으며 서 있었다.

"선단 후미에 다녀와도 좋다는 허락이 떨어졌어. 이틀만 후미에 머물 거야. 그 후론 선봉을 양보하는 일은 없어."

"다행이야."

배가 선회하여 왔던 바닷길로 오르기 시작했다. 좌의 깃발을 발견한 군선과 소선들이 박수와 환호를 보냈다. 아청은 좌와의 대화를 잠시 미루고 거문고를 무릎에 얹고 앉아 노래를 부르기 시작했다. 배들은 노를 거둬들인 채 속도를 최대한 늦추고 그녀의 노래에 귀를 기울였다. 손을 흔드는 이도 있었고 춤을 추는 이도 있었고 고개를 끄덕이는 이도 있었고 눈물을 훔치는 이도 있었다. 노래를 듣는 순간 가슴에 꾹꾹 눌러왔던 감정들이 터져나온 것이다. 슬픔도 있었고 불안함도 있었고 설렘도 있었고 안타까움도 있었다. 똑같은 노랫말이라 해도, 듣는 사람에 따라 제각각 다른 사건과 다른 풍광과 다른 감정을 집어냈다. 좌의 군선이 선단의 허리를 지나자 호응은 더욱 뜨거워졌다. 배들이 아예 길목을 막는 바람에 맴을 돌며 노래를 몇 곡 더 불러야 했다. 좌는 징과 나발로 소선들을 물리려 했지만, 아청은 억지로 길을 내는 것에 반대했다.

"여기서부턴 대부분 내 노래를 처음 듣는 사람들이라서 그래. 두세 곡을 더 부르다 보면 바닷길이 열릴 거야."

"목을 아껴."

강화경을 출발한 직후부터 아청은 해가 떠 있는 동안 쉼 없이 노래했다. 휴식을 강권했지만 진도에 도착한 다음 쉬겠다며 받아들이지 않았다. 아청이 후미에 도착하자 배들이 소용돌이치듯 좌의 군선을 에워쌌다. 아청은 거문고를 내려놓고 난간을 잡고 서서 배에 탄 이들에게 손짓하며 노래했다. 노을이 지고 어둠이 깔린 뒤에도, 뱃머리에 횃불을 밝힌 채 한참을 노래하고 또 노래했다.

그 밤 좌의 군선은 근처 무인도에 닻을 내렸다. 대부분의 배들이 건너편 포구에 정박했지만 좌가 자신의 군선을 사람이 없는 섬까지 이동시킨 것이다. 취침 인사를 건네기 위해 아청이 머무는 지휘방으로 갔다. 그녀는 노래가 끝나면 말을 줄이고 냉수를 양껏 마신 뒤 일찍 잠자리에 들었다. 그 밤엔 후미에서 노래한 여흥이 남았는지 좌를 들어오게 하고는 탁자와 의자에 잔뜩 쌓인 노래 뭉치를 치우며 자리를 권했다.

"쉬어. 쉬는 게 좋겠어."

"잠시만 거기 있어줄래? 이대로 잠들긴 어려울 것 같아."

좌가 앉은 뒤 주위를 살폈다. 지휘방은 사방 나무 벽이 보이지 않을 만큼 노래 뭉치로 가득 찼다. 강화경 서재에 있던 자료들을 모두 옮긴 것이다. 출항 첫날 들어와 본 후 오늘이 두 번째였다. 노래를 부르지 않는 밤이면, 아청은 잠을 줄여가며 이 방에서 고음이 모은 노래들을 읽고 정리했다. 덕분에 좌는 부장과 한 방을 써야만 했다.

"고마워. 많이 불편하지? 나 때문에…."

"고마운 건 나야. 난 네가 강화경에 남거나 우에게 갈 줄 알았어."

"우…. 우리의 우! 좋은 벗이지."

아청이 '벗'이란 단어에 힘을 실었다. 좌는 그녀가 군선에 오른 직후부터 던지고 싶던 질문을 꺼냈다. 선단을 이뤄 남진하지 않았다면, 또 그녀가 매일 뱃머리에서 노래를 부르지 않았다면, 벌써 물었을 것이다. 서재로 찾아갔을 때 그녀가 이미 집을 비운 채 떠났다는 걸 확인하고는 목적지가 개경이리라 짐작했다. 방상에서 함께 연습하고 공연한 악공과 가인 대부분이 왕의 부름을 받았던 것이다. 아청도 가장 먼저 왕의 부름을 받긴 했다. 고음의 노래 뭉치가 없었다면 진작 강화경을 떠나 벽란도를 거쳐 개경으로 들어갔을 것이다. 사정이 이러하니 우의 군선을 타고 개경으로 갔겠구나 짐작한 것이다.

"내게 올 줄 몰랐어."

"나도 이런 게 인생인 줄 몰랐어. 너랑 우가 다른 길을 택할 줄도 몰랐고, 나를 데리러 서재로 같은 시간에 올 줄도 몰랐고, 같은 날 다른 장소에 너의 군선과 우의 군선이 각각 정박할 줄도 몰랐고, 내가 그 중 한 척만 택해야 할 줄은 더욱 몰랐어. 안타깝고 잔인한 일이야. 둘 중 하나를 택해야 하다니. 게다가 그게 너와 우라니."

"…그러네."

좌는 다시 묻지 않았다. 분위기가 우울해졌다. 아청이 응달에서 양달로 나오듯 이야기를 끌었다.

"모르는 게 점점 느는 것도 사실이지만, 새롭게 깨달은 것도 그에 못지않아."

"깨달은 것?"

"그 생각이 나더라. 네가 진달래꽃 한 송이를 늦은 밤 가져왔던 초봄. 우와 내가 하산한 뒤 해가 지고 한참이 지났는데도 네 소식이 없었어. 부모님들과 장졸들과 악공들이 눈이 녹지 않은 산으로 올라갔지. 그 바람에 집엔 나 혼자 남아 있었던가 봐. 감기에 걸렸던지 잔기침을 하고 있을 때 문 두드리는 소리가 들렸지. 나가봤더니 너였어. 저고리와 바지가 다 찢기고, 어깨와 목엔 짐승의 발톱 자국까지 선명했지. 허리춤에 꽂아둔 진달래꽃 한 송이를 뽑아 내밀며 네가 했던 말 기억 나?"

"그 꽃 참 예뻤어."

좌가 쑥스러운 듯 말머리를 돌렸다.

"이렇게 내게 말했어. '절벽 제일 높은 곳에서 따왔어. 꽃 잎이 두 개 떨어지긴 했지만, 그래도 고와. 아청, 네 거야.'"

"그랬었나? 꽃잎이 떨어진 건 정말 안타까웠어."

"난 꽃을 받자마자 주저앉아 눈물을 쏟았지. 울음소릴 듣고 어른들이 왔어. 그 바람에 산에서 내가 본 것들을 네게 말하지 못했단다."

"둘이서만 이야기를 나눌 상황이 아니었잖아? 어른들이

번갈아 나를 부둥켜안았으니까. 그렇게 많은 이들과 포옹한 건 그때가 처음이자 마지막이었어."

아청이 입가에 미소를 머금으며 말을 이었다.

"밤이 지나고 나니까 다시 그 일을 이야기하는 게 이상해졌어. 지나간 강물처럼 말이야. 하지만 오늘은 꼭 이야기하고 싶네. 어미 곰이 우와 나를 향해 두 발로 서서 위협하던 순간, 넌 절벽을 벗어나 언덕으로 이어진 바위 옆으로 나타났지. 네 품엔 아기곰 한 마리가 안겨 있었어. 그렇게 안긴 게 불편한지 아기곰이 낑낑대며 버둥거렸지. 그 소릴 들었던 걸까. 어미 곰이 휙 돌아서더니 언덕을 달려 올라갔어. 네 모습은 바위 옆에서 사라지고 없었지. 바위 뒤로 숨었는지 아니면 언덕을 넘어갔는지. 그때 난 옆에 선 우에게 말했어야 했어. 저 바위 옆에서 너를 본 것 같다고. 하지만 눈물이 쏟아지고 온몸이 떨리고 무릎까지 풀려서, 혀와 입술로 말을 만들어내기조차 힘들었지. 무사히 하산한 후에는 그런 의심도 들었어. 내가 본 사람이 네가 맞을까. 멀어서, 얼굴을 또렷이 봤다고 확신하기는 힘들었거든. 그냥 거기 누군가 나타났는데, 절벽에서 가까우니까 당연히 너라고 여겼던 거야. 내 짐작이 틀리길 간절히 바랐어. 네가 맞다면, 곰에게 쫓기는 널 두고 나만 도망친 꼴이잖아. 넌 내가 가장 아끼는 벗인데, 그런 널…. 그런데… 너였어? …너였지?"

좌가 답했다.

"맞아. 나였어."

아청이 눈물을 글썽이며 긴 숨을 내쉬었다.

"너였구나! 정말 너였어…. 왜 그랬니? 아기 곰을 안고 바위 옆으로 왜 나왔어?"

마지막까지 확인하고 싶은 것이다. 좌는 아청의 긴장을 풀어주기라도 하듯 양팔을 벌려 안고 일어서는 시늉을 했다.

"요만했던가. 아니 조금 더 컸던 것 같네. 아기지만 곰이니까, 꽤 무거웠어."

좌가 그 자세로 제자리를 뒤뚱뒤뚱 한 바퀴 돌았다. 아청이 손등으로 눈물을 닦다 말고 웃었다. 다시 앉은 좌가 그녀의 손을 끌어쥐었다.

"마지막 진달래꽃을 꺾고 절벽을 내려오다가 어미 곰을 봤어. 너희를 구해야 하는데 거리가 너무 멀었지. 그 순간 바위 밑에 있는 굴이 보이더라고. 곰들이 거기서 겨울잠을 잤던 모양이야. 아기 곰이 굴 밖으로 고개를 빼꼼 내밀었어. 아기 곰을 이용해서 어미 곰을 유인하기로 했지. 그 곰을 안느라 애써 꺾은 꽃다발을 포기했어. 그래도 한 송이는 챙겨 허리춤에 재빨리 꽂았지만."

아청의 손과 턱과 어깨가 동시에 떨렸다. 좌가 그녀의 손을 제 가슴에 대고는 결말을 지었다.

"곰을 피해 달아나느라 애를 먹었지. 엄청 빠르더라. 하지만 목숨은 건졌고 네게 꽃까지 건넸으니, 멋진 날이었어."

"다치거나 죽을 수도 있었어."

아청이 젖은 눈으로 말했다. 좌가 그 눈길을 따듯하게 받으며 대꾸했다.

"몰랐구나? 난 그리 쉽게 안 죽어."

드디어 벽란도에 정박한 군선의 장졸에게 개경 출입이 허락되었다. 우는 다른 장수들과 함께 입궐하여 왕을 알현했다. 그리고 물러나 고승 법민을 만났다. 법민은 왕의 스승이자 삼별초의 스승이었다. 법민은 줄곧 강화경에 머물며 대장경 제작을 총괄해왔다. 삼별초와 함께 남진하였다는 풍문이 돌았지만 그는 강화경 대장경 곁에 남았다. 법민이 아니고는 대장경을 책임질 이가 없었던 것이다. 왕은 법민을 개경으로 청해 나랏일을 의논했다. 법민은 진도로 내려간 삼별초 추토를 서두르지 말자고 청했다. 제국에 맞서는 것은 오랫동안 왕국의 핵심 기치였고, 삼별초는 그 기치를 사수한 정예병이었다. 삼별초를 설득하여 품는 것이 좋겠다는 의견도 냈다. 개경과 진도를 오가며 말을 옮기는 일은 법민 자신이 기꺼이 맡겠다고도 했다. 법민과 둘만 남았을 때, 우는 아청을 서해에서 구한 자초지종을 설명했다.

"설득해주세요. 이대로 두면 목숨을 부지하기 어렵습니다."

"며칠째인가?"

"보름입니다. 보름 동안 물 한 모금 마시지 않습니다. 스스로 목을 매 죽으려고도 했습니다."

"자넨 뭘 한 게야?"

법민이 꾸짖자 우는 고개를 숙였다.

"할 일이 많을 줄 알았습니다. 아청만 돌아오면, 그녀가 원하는 모든 걸 들어주리라 다짐했습니다. 그런데 제가 할 일은 없었습니다. 아청이 원하는 건 단 하나고, 그건 결코 제가 받아들일 수 없는 일이니까요."

"앞장을 서게."

법민은 우를 따라 예성강에 정박해둔 군선으로 갔다. 지휘방에 들어선 법민은 누워 있는 아청을 살폈다. 아청 역시 어려서부터 법민과 만나 스승과 제자의 인연을 맺었다. 강화경으로 도읍을 옮긴 뒤, 왕들은 자주 대장경을 제작 중인 사찰로 방상의 악공과 가인을 보내 승려들의 노고를 위로했다. 아청은 방상에서 노래하기 전 어린 시절부터 고음을 따라 대장경을 만드는 사찰을 오갔다. 고음이 연주하는 동안 몰래 대장경을 구경한 적도 있었다. 차분하면서도 맑은 얼굴로 방상의 악공과 가인을 맞은 이가 법민이었다. 아청이 그나마 글을 익힌 것도 법민의 가르침 덕분이었다.

아청이 눈을 떴다. 법민을 알아본 듯 눈동자가 떨렸다. 겨우 이불 밖으로 오른손을 내밀어 들려다가 떨어뜨렸다. 법민이 그 손을 꼭 쥐고는 말했다.

"어리석구나. 어리석어!"

아청이 눈을 감은 채 잔기침을 해댔다. 법민이 고개를 돌려 우에게 지시했다.

"갈아입을 옷을 챙겨오게."

법민이 아니었다면, 곡기도 못 잇는 마당에 갈아입을 옷이 무슨 소용이냐고 따졌을 것이다. 예측하기 힘든 미래를 내다보며 엉뚱한 요구를 곧잘 하던 스승이었다. 우가 지휘방을 떠난 후 법민은 발소리가 잦아들 때까지 염주를 돌렸다. 우는 물론이고 당직 병사까지 지휘방 근처에 없는 것을 확인한 법민이 바짝 당겨 앉았다. 아청의 귀에 입술이 닿을 만큼 허리를 숙인 다음 뜻밖의 소식을 전했다.

"좌는 살아 있네. 꼭 살아서 만나자고 전해 달라더군."

법민이 다녀간 날부터 아청은 다시 음식을 넘기기 시작했다. 처음엔 물 한 모금도 삼키기 어려웠지만 곧 죽을 떴고 그 다음엔 밥알을 씹었다. 우는 그녀가 단식을 풀었다는 사실만으로도 가슴을 쓸어내렸다. 그러나 그녀는 여전히 우의 이야기를 듣기만 할 뿐 속내를 드러내지 않았다. 다시 수저를 든 까닭을 법민에게 묻고 싶었으나 고승은 방방곡곡 사찰에 왕의 뜻을 전한다며 개경을 떠난 뒤였다.

아청은 우의 이야기를 들으며 좌를 그리워했다. 우는 셋이 함께 했던 일들도, 자신과 아청 둘의 추억으로 바꿨다. 그녀는 우가 걷어낸 자리, 그 어두운 곳에 좌를 부지런히 앉혔다. 보름 넘게 곡기를 끊은 탓인지, 아니면 좌의 군선이 침몰하는 것을 목도하고 좌가 죽었다는 이야기를 우로부터 들었을 때의 충격 탓인지, 그도 아니면 우가 애써 지운 좌를 다시 제자리에 앉히는 일이 벅찼던 탓인지, 그녀의 회상은 뜻하지 않은

순간에 시작되었다가 바라지 않는 곳에서 툭툭 끊겼다. 보름
만에 물 한 모금을 마시며 그녀가 떠올린 장면은 법민의 목소
리로부터 시작했다. 문장은 똑같지만 상황은 무척 달랐다.

"좌는 살아 있네."

아청도 좌도 우도 열다섯 살인 겨울엔 유난히 눈이 많이
내렸다. 제국의 사신 앞에서 거문고 연주를 하게 된 아청은
마무리 연습을 위해 암자로 들어갔다. 폭설이 내리자 고음은
좌와 우에게 아청을 데려와 달라고 부탁했다. 좌는 서로 숲
길을 달렸고 우는 동로 계곡길을 올랐다. 먼저 도착한 사람
은 좌였다.

고음의 암자에서 아청은 누운 채 좌를 부둥켜안았다. 그녀
의 엉덩이만 방바닥에 닿아 있고 머리와 허리는 한 뼘 이상
떴다. 그 무게를 고스란히 좌가 받아 버티는 중이었다.

"데려다줘…. 꼭, 가야 해."

좌는 고열에 들뜬 얼굴을 가만히 들여다보았다. 그리고 다
시 꼭 안았다. 아청은 좌와 함께 하산하여 제국의 사신 앞에
서 거문고를 연주하고 싶었다. 열병 따위에 지진 않겠어. 손
이 붓긴 했지만 연주를 못할 정도는 아냐. 좌의 생각은 달랐
다. 암자를 나서기엔 밖이 너무 추웠고 아청의 열병은 심각

했다. 암자가 그나마 눈보라를 막아주므로, 환자인 아청은 이곳에 머물고, 자신이 움직여 치료할 사람과 약을 구해오는 편이 나았다. 그녀의 머리와 허리를 요에 내려놓은 뒤 좌가 눈을 맞추며 말했다.

"이대론 숲길을 못 내려가. 잠시만 참고 기다려. 곧 올게."

좌는 급히 일어섰다. 그녀가 팔을 뻗었지만 붙들지 못했다. 좌를 따라가고 싶었다. 이 방에 다시 혼자 남겨지는 것이 두려웠다. 연주할 시간이 코앞이었다. 가야 했다. 그러나 그녀는 일어나 앉을 힘도 없었다. 누군가에게 의지하지 않고는 앞마당에 내려서기조차 힘들었다. 시야가 어두워지더니 정신이 점점 흐릿해졌다.

좌!

가지 마.

좌!

나를 궁으로 데려다줘.

좌!

내가 연주를 마칠 때까지 곁에 있어, 제발!

얼마나 시간이 흘렀을까. 다시 문이 열렸고 찬바람이 밀려들어 아청의 뺨에 닿았다. 방으로 들어서는 발소리가 흐렸다. 그녀는 눈도 제대로 뜨지 못한 채 겨우 입술을 벌렸다.

"왔구나…. 데려다줘!"

그리고 몇 마디 더 말을 했다. 그 말들은 그녀의 입에서 나왔다기보다 저 멀리 어둠에서 웅웅거리는 것만 같았다. 자기가 뱉은 말이면서도 자기 것이 아닌 듯했다. 저승의 소리일까. 두려움이 밀려들었다. 그녀는 두 팔로 그를 끌어안았다. 그리고 속삭였다.

"…널 믿어, 언제나처럼!"

그녀의 입술이 그의 입술에 끌리듯 붙었다. 꼭 궁으로 데려다 달라는 열망을 입맞춤에 실었다.

그의 등에 업혀 암자를 벗어나 달리기 시작했다. 열이 오른 그녀는 뺨을 등에 대고는 꼼짝도 하지 않았다. 어둠보다 더 짙은 어둠이 밀려들었다. 그 어둠은 용암처럼 펄펄 끓고 있었다. 저 속에 빠지면 살은 물론 뼈까지 흔적도 없이 녹을 듯했다. 그때 찬바람이 회오리를 돌며 그녀를 덮쳤다. 머리를 덮었던 요가 허공으로 날아가 버렸다. 그 순간 아청은 그에게 등을 내준 사내가 좌가 아니라 우란 걸, 하산길이 좌가 좋아한 서로 숲길이 아니라 우가 탄복한 동로 계곡길이란 걸 깨달았다.

그 밤 아청은 우의 등에 업혀 하산한 뒤 거문고 연주와 노래까지 무사히 마쳤다. 제국의 사신에게 예의를 갖춰 인사하고 방상의 연습실로 들어서자마자 그녀는 정신을 잃었다. 그 뒤 꼬박 사흘을 죽음의 문턱을 오갔다. 눈 덮인 숲길을 하염없이 걷는 꿈이 이어졌다. 먼저 난 발자국을 따라 바삐 걸음을 옮겼지만 먼저 간 이와 만나지는 못했다. 서러웠다.

그리고 깨어났을 때 좌가 실종되었다는 소식을 들었다. 암자에서 아청을 두고 나간 후 연락이 끊긴 것이다. 그녀는 우에게 좌가 먼저 암자에 왔다고 이야기를 했다. 우는 그 말을 믿으려 하지 않았다. 좌가 자기보다 더 빨리 암자에 닿았을 리 없다며 고개를 저었다. 헛꿈으로 몰아세우는 우 앞에서, 그와 나눈 입맞춤이 착각이었다고 고백할 수 없었다. 지금은 좌를 찾는 것이 급했다. 직접 암자로 가서 주위를 뒤지고 싶었다. 그러나 의원은 적어도 한 달은 병상에 누워 안정을 취해야 한다고 했다. 섣불리 산을 오르다가 열병이 재발하면 그땐 정말 목숨이 위태롭다고 했다.

아청은 불안했다. 좌가 무사히 하산했다면 벌써 그녀를 찾아왔을 것이다. 눈 덮인 산에서 다치거나 길을 잃기라도 했다면? 사흘은 조난자에게 긴 시간이다. 법민이 그녀를 찾아온 것이 바로 그 밤이었다. 스승은 잠시 제자의 안색을 살피고는 고비를 넘겨 다행이라는 듯 미소부터 지어 보였다. 따라 웃지 못하는 그녀에게 다가앉아 속삭였다.

"좌는 살아 있네."

아청은 제 귀를 의심했다. 법민이 사흘 동안 벌어진 일을 독경하듯 낭랑하게 들려줬다.

"암자에서 언덕 하나만 넘으면 내가 머무르던 사찰이 있지. 암자에서 열병을 앓는 자네를 보곤 내 생각이 났던 게야. 나를 데려가서 병세를 살피고 약을 지으면 자네를 살릴 수 있다고. 그래서 눈 덮인 언덕을 내달린 거지. 눈 없는 봄날이었다면, 좌의 이마에 땀이 맺히기도 전에 사찰에 닿았을 거야. 한데 폭설에다 어둠이 내리기 시작한 게 문제였어. 나무 줄기와 가지를 붙들며 오르막은 오히려 쉽게 올랐는데, 사찰의 등잔 불빛을 보고 마음이 급해졌나봐. 뛰어 내려오다가 나무뿌리에 발이 걸려 굴렀다는구나. 두 발목이 다 부러지는 바람에 움직일 수가 없었다고. 팔을 움직여 배로 눈밭을 밀며 가려고도 했지만, 옷이 젖자마자 얼어붙는 바람에 그마저 불가능했다는군. 게다가 축축하게 젖은 바지까지 꽁꽁 얼면서 냉기가 온몸을 휘감았지. 좌는 결국 맨손으로 눈을 판 후 그 안에 들어가 웅크리며 버렸어. 다음날 아침 산책길에 내가 좌를 발견했을 때는 온몸이 얼어 숨이 끊어지기 직전이었지. 그래도 좌는 정신을 잃지 않고 눈에 힘을 잔뜩 싣고는 내게 말했어.

'암자부터…, 가주세요. 아청이, 많이…, 아픕니다.'

좌를 사찰로 옮겨 응급처방을 했지. 막힌 혈을 뚫고 몸을 덥히고 부러진 발목을 부목으로 고정시킨 다음, 좌가 깊은 잠에 빠진 걸 확인하고서야 암자로 갔어. 방이 텅 비었더군. 좌는 이틀을 꼬박 자다 깨다를 반복했네. 오늘 하산하기 전에 들으니, 비슷한 꿈을 반복해서 꾸었다는군. 숲길을 계속 걷는데 누군가 자신을 따라오는 것만 같아 멈췄다고 해. 돌아서서 한참을 기다렸지만 만나지 못했고, 또 걷다가 기다리고…. 그렇게 서러웠대. 눈물이 쏟아질 만큼."

"좌는 그럼?"

"아직 사찰에 있다네. 발목이 나으려면 두어 달은 더 머물러야 할 게야. 오늘은 부탁을 받고 소식만 전하려 온 것이야. 좌는 살아 있다고. 전할 말 혹시 없어?"

아청이 얕은 숨을 내쉰 뒤 답했다.

"살아 있어서 고맙다고…, 곧 만나러 간다고 전해주세요."

제국의 대신이자 동쪽의 끝 정벌을 책임진 남(南)이, 삼별초에 속했으나 진도로 가지 않은 장수들과 저녁을 먹겠다는 명령을 내렸다. 단 한 명도 빠지지 말라는 경고가 덧붙었다. 장소는 서경 부벽루였다. 남은 서경과 개경을 오가며 제국의 뜻을 충실히 이행했다. 우에겐 명령이 하나 더 내려왔다. 생포한 아청을 데려와 노래를 시키라는 것이다. 우는 아청이 병이 깊어 노래하기 어렵다는 글을 올렸다. 노래를 부르지 못한다면, 군막에서 허드렛일을 시킬 테니 당장 서경으로 보내란 답이 왔다. 노래를 하든 못 하든 서경으로 데려오란 뜻이다. 우는 아청에게 가서 또 많은 이야기를 했다. 그리고 그 이야기의 끝자락에 남의 부당한 요청을 얹었다.

"몸도 성치 않은데 서경까진 무리지? 방상에 가인이 한둘도 아니고. 내가 다시 한 번 네가 얼마나 아픈지 적어 올릴게. 걱정 말고 쉬어."

일어나서 나가려는 우를 아청이 불러세웠다.

"서경! 서경으로 갈게."

다시 앉은 우가 법민을 끌어들여 반대의견을 냈다.

"스승님도 두 달은 네 곁에 거문고를 두지 말라고 하셨어. 노래도 못 하게 막으라고. 두 달은 최소한이고, 적어도 일년은 조용히 지내도록 해. 세상 소식 듣는 것 자체가 네 몸과 맘을 상하게 하니까. 내가 지켜줄게."

아청이 뜻을 바꾸지 않았다. 나름대로 이유를 댔다.

"제국의 대신이 삼별초 중에서 진도로 가지 않고 남은 장수들을 서경으로 모두 부른 거잖아? 거기에 나를 콕 집어 참석하라 했고. 내가 가지 않으면 초대받은 장수들 전부가 곤란해져. 갈게, 갈 수 있어."

우는 다시 한 번 설득했다. 아청이 이렇듯 서경 행을 고집하리라곤 예상하지 못했다.

"그러니 더더욱 이번엔 응하지 말자는 거야. 제국의 대신이 마음만 먹는다면 개경이나 군선을 정박한 예성강에서도 얼마든지 장수들과 저녁을 먹을 수 있어. 서경까지 불러올리는 건 뭔가 딴 생각이 깔린 듯해. 내가 만나고 온 다음에 다시 너를 청하면 그때 가도록 해. 한 번 거절한다고 방상의 으뜸 가인을 벌하기야 하겠어. 왕국의 고관대작들이 부르는 자리도 세 번은 거절한 다음에야 겨우 걸음하는 방상의 으뜸 가인이 바로 아청이란 걸 제국의 대신도 알 필요도 있지."

아청은 반대 의견을 냈다. 강화경을 떠나 남진하는 길에 좌에게 들은 이야기이기도 했다.

"속단하지 마. 제국은 아량을 베풀 땐 바다보다 넓지만 징벌을 내릴 땐 폭풍우보다 빠르니까. 판단은 우리가 아니라 제국이 해. 그러니 우린 최악의 상황을 상정하고 대처하는 편이 낫지."

우는 결국 걱정하는 문제를 꺼냈다.

"우릴 부른 제국의 대신이 북의 외아들이야."

"응? 북이라고?"

곧바로 이해하지 못한 아청이 되물었다.

"열여섯 살 때 좌와 내가 서경에 잠입하여 죽인 제국의 대신. 그 대신의 아들이라고."

아청이 상황을 재빨리 파악했다.

"사사로운 복수를 하겠단 건가?"

우가 답했다.

"3년 옥살이를 한 뒤 황제의 특명으로 석방되었어. 제국의 대신이 그 명을 이제 와서 뒤집진 않겠지. 강화경을 떠나 개경으로 향할 때 각오한 일이기도 해. 차라리 잘 되었어. 대신이 그 문제를 꺼내면 자세히 해명할 생각이야. 분위기가 그리 좋지는 않겠지. 그러니 이번엔 나 혼자 가겠어. 너는 벽란도에서 기다려줘."

"그렇다면 더더욱 내가 가야지. 아비를 잃은 자와 그 아비를 죽인 자, 이렇게 둘만 맞서면 참혹한 결과를 낳을지도 몰라. 같이 가. 내 도움이 필요할 수도 있으니까."

우도 더 이상 아청을 말리기는 어려웠다.

다른 장수들은 말을 타고 서경으로 향했지만, 우는 군선을 몰고 예성강에서 서해로 나갔다가 대동강으로 접어들었다. 그동안 아청은 갑판에 한 번도 올라가지 않고 지휘방에 머물며 거문고와 노래를 연습했다. 좌의 군선이 침몰한 후로는 보름이나 곡기를 끊었고 단식 전후에도 연주나 노래에 눈을 돌리지 않았다.

서경에 가겠다고 했지만, 아청도 이렇듯 빨리 거문고를 연주하며 노래를 부르리라 예상하진 않았다. 좌의 군선이 아닌 곳, 진도로 향해 가는 삼별초가 아닌 사람들 앞에 서고 싶진 않았다. 제국의 대신이 아니라 황제가 부른다고 해도 거절하고 싶었다. 침몰하는 군선과 함께 좌가 빠져 죽었다면, 영원히 벙어리로 살아갔을지도 모른다. 그러나 좌는 죽지 않았고, 아청은 좌와 재회할 기회를 자기 힘으로 만들어야 했다. 그녀는 다른 계획을 세우기 시작했다. 우의 그늘 아래 숨기만 하면, 바다로 나갈 기회가 영영 사라진다. 우는 계속 그녀를 숨기려 들 것이므로, 그녀는 우가 쌓은 벽을 넘어서야 했다. 모험에 따른 위험은 감내할 수밖에 없었다. 좌를 만나기 위해서는 좌가 있는 진도로 가야 했다. 제국의 대신이라면 그녀를 그곳으로 보낼 수 있었다.

군선이 부벽루 아래에 닿았다. 우는 이미 열여섯 살에 서경의 아름다움을 맛보았지만 아청은 처음이었다. 하선하기 전, 우가 지휘방으로 왔다.

"하나만 약속해 줘."

아청이 길쭉한 비단 보자기로 거문고를 씌우며 고개를 끄덕였다.

"연주와 노래만 해. 혹시 제국의 대신이나 장수들이 이런저런 걸 묻더라도 답을 내게 미뤄. 연주와 노래에선 트집 잡을 게 없어. 답을 재촉하면 차라리 쓰러져 기절한 척 해. 그다음은 내가 수습할게. 그래야 무사히 함께 개경 우리 집으로 돌아갈 수 있어."

아청이 우가 한 말을 되뇌었다.

"개경…, 우리 집…."

안면소를 벗어나 남진할 때, 아청이 좌에게 물었다.

"진도에 도착하면 우리 집은 어디쯤 지을 거야?"

그때 좌는 웃기만 했다. 네가 원하는 곳이라면 어디든! 웃으며 침묵으로 물러나는 것이 좌의 특기였다.

정오 무렵, 부벽루 아래 마당에 모인 장수들은 루(樓)로 올라가지 않고 기다렸다. 저녁식사에 동석하란 명령을 내리고는 점심부터 불러들인 것이다. 남과 제국의 장수들은 루에 이미 올라 술과 음식을 즐기는 중이었다. 왕국의 장수들이 도착했다는 소식을 알렸으나 대기 명령만 내려왔다. 술상이 서너 번 바뀐 다음 서경의 악공과 기녀들이 줄지어 계단을 통해 루로 올랐다. 거문고와 북과 장구 소리에 맞춰 기녀들 노래가 시작되었다. 우는 고개를 돌려 곁에 선 아청을 살폈다. 턱을 든 그녀는 눈을 감은 채 루에서 내려오는 소리에 집중했다. 손끝이 살랑살랑 음과 률을 타며 버들잎처럼 흔들렸다. 갑자기 그릇 깨지는 소리와 함께 연주와 노래가 멈췄다. 개경부터 줄곧 남을 따라온 역관이 황급히 계단을 내려오며 물었다.

"아청이 누굽니까?"

그녀가 한 걸음 나섰다.

"올라오시오."

"잠깐!"

돌아서는 역관을 우가 불러세웠다.

"아청만 가는 건가? 우리가 여기서 기다린 게 벌써 반나절이야. 곧 해가 질 걸세."

"아청만 부르셨습니다."

역관이 단답으로 받았다. 아청이 우를 향해 걱정 말라는 눈짓을 보냈다. 우는 뒷모습을 지켜볼 수밖에 없는 자신이 한심하고 미웠다. 부벽루에 가면 한 순간도 그녀를 홀로 두지 않겠다고 다짐했었다. 그 결심은 이렇듯 쉽게 무너졌다. 제국의 대신에 맞설 자는 없었다. 아청은 루 위, 우는 루 아래에 있는 것이다. 루 위 아청의 언행을 루 아래 우는 파악할 수 없었다. 초조하고 불안했다.

아청이 루에 올라서자, 깨진 술병과 잔을 치우던 기녀들이 멈칫거렸다. 남의 고성이 터졌다.

"냉큼 꺼지지 않고 뭣들 하는 게야? 내가 직접 목숨을 거둬 주랴?"

기녀들이 기다시피 루에서 내려갔다. 아청은 산해진미 그득한 주안상 가운데 앉은 남을 보며 서 있었다. 남의 좌우에 앉은 제국의 장수들은 얼굴이 이미 불콰했다. 남이 일어서더니 비틀비틀 걸어왔다. 술 냄새가 점점 진해졌다. 그가 아청의 턱을 쥐고 들어올렸다. 시선이 마주쳤다. 그녀는 피하지 않고 남을 노려봤다. 남이 갑자기 그녀의 왼손을 잡곤 제 콧 잔등까지 들어올렸다. 그리고 유심히 살피다가 냄새를 맡았다. 그제야 아청은 이 사내와 처음 만난 저녁을 기억해냈다.

암자에서 우와 함께 하산해 제국의 사신 앞에서 거문고를 연주하며 노래를 부른 직후였다. 팔을 다친 고음을 보고 실 망했던 제국의 사신도 아청이 우아한 연주에 맛깔스런 노래 까지 더하자 크게 칭찬하며 노리개 한 쌍을 상으로 내렸다. 비단으로 곱게 싼 노리개를 그녀에게 건넨 이가 바로 남이었 다. 상을 건넸을 뿐 아니라, 그녀의 왼손을 꽉 잡고 들어 꼼 꼼히 살피다가 냄새를 킁킁 맡았다. 불쾌했지만 그녀는 참고 서 있을 수밖에 없었다. 그때는 제국의 사신을 보필하며 통 역하는 관원이었는데, 어느새 성장하여 왕과 어깨를 나란히 하는 제국의 대신이 된 것이다.

"비켜!"

남이 그녀를 밀치고는 루의 서쪽으로 다가섰다. 붉은 기운 이 남의 얼굴에 번졌다. 해가 빠르게 넘어가고 있었다. 그가 왼손을 들자 역관이 종종걸음으로 나아왔다. 역관에게 나지 막이 명령을 내린 뒤 돌아서서 좌중을 향해 호탕하게 웃었다.

"그대들에게 잊지 못할 저녁을 선물하겠소. 제국으로 돌아가서도 내내 부벽루의 저녁을 그리워할 겁니다."

역관을 따라 장수들이 루 위로 올라와 아청의 뒤에 병풍처럼 횡으로 섰다. 남이 오른 손바닥으로 제 콧잔등을 문지르며 돌아섰다. 제국의 말이 아니라 왕국의 말로 물었다.

"강병호가 누구냐?"

우가 한 걸음 나섰다. 아청이 고개를 돌려 우를 보았다. 남은 기둥에 세워둔 장검을 뽑아들고는 우를 향해 곧장 걸어갔다. 칼날을 우의 목에 대고 이번엔 제국의 말로 물었다.

"이 즈음이냐?"

역관이 우의 곁에 붙어 통역했다.

"…?"

우가 즉답을 못한 채 주위를 살폈다. 남이 다시 물었다.

"이 즈음에 죽었어? 더 어두웠느냐? 아니면 아직 햇볕이 사라지기 전이었느냐?"

우의 얼굴이 달아오르기 시작했다. 그 마음을 알아채기라도 한 듯 남의 질문이 이어졌다.

"저물 무렵 부벽루에서 네가 죽인 제국의 대신이 누구냐?"

아청 그리고 우와 함께 도열한 장수들의 얼굴이 하얗게 질렸다.

"내 아버지, 그 어른이 맞느냐?"

우가 감정을 지우고 건조하게 답했다.

"맞습니다."

남의 목소리가 울분으로 끓었다.

"내 아버지가, 네 가족을 죽였느냐?"

"아닙니다."

"내 아버지가, 너를 죽음으로 몰았느냐?"

"아닙니다."

"그런데 왜, 내 아버지를 죽였느냐?"

"삼별초의 명을 받았습니다."

북이 왕국에서 태어나 살다가 중죄를 지은 뒤 제국에 투항했고, 제국의 대신으로 돌아와서는 백성을 괴롭혔기 때문이라고는 답하지 못했다. 그런 설명을 덧붙이다간 말을 맺기도 전에 머리가 달아날 것이다.

"삼별초의 명이라면, 너와 아무런 원한도 없는 제국의 대신을 암살해도 되는 것이냐?"

"우별초에 속한 무인이기에, 상명하복의 예를 따랐을 뿐입니다."

"상명하복? 하면 지금은 왜 명령에 따라 진도로 가지 않고 개경으로 왔느냐?"

"왕명을 받들기 위함입니다."

"삼별초의 군령보다 왕명이 더 중하단 것이냐?"

"그렇습니다."

"왕명보다 더 중한 것이 황명이다. 알고 있느냐?"

"네."

"내가 이 왕국에선 황명을 대신하고 있다는 것도?"

"알고 있습니다."

"그렇다면 내 명령이 곧 황제의 명령이겠구나. 너는 몇 배더 복종할 테고."

"그렇습니다."

"무릎을 꿇고 눈을 감거라."

"서경의 지하 감옥에 3년을 갇혀 있다가 황은(皇恩)으로 용서를 받고 석방되었습니다."

남이 킬킬킬 더러운 웃음과 함께 다가왔다. 우의 뺨에 침이 튈 만큼 가까이 얼굴을 대곤 왕국의 말로 나지막이 물었다.

"황제께서 용서한 지난 일을 왜 재론하느냐 이 말이지?"

우는 즉답을 하지 않고 남을 쳐다보기만 했다.

"황제께선 네놈이 얼마나 간사하고 악랄한 놈인지 다 알지 못하시니까, 그런 황명을 내리신 거야. 난 아버지를 잃었어. 너라면 아버지를 죽인 새끼를, 더군다나 황명 운운하며 이미 용서를 받았다고 떠드는 놈을 그냥 놔두겠어? 이것 하나만 알려줄까. 난 오늘 널 벨 거야. 황제껜 네 이름 석 자를 올리지 않을 것이고. 이 세상에 황제께서 살피셔야 할 일이 얼마나 많은 줄 알아? 네놈 같은 벌레 한 마리 짓이기는 건 알릴 가치도 없어. 그러니 꿇어, 어서!"

우가 주먹을 쥔 채 먼저 왼 무릎을 그 다음엔 오른 무릎을 꿇었다. 눈은 감지 않고 고개를 든 채 청했다.

"충성을 다할 기회를 주십시오."

남이 싸늘하게 받았다.

"지금 네게 기회를 주는 중이다. 상명하복. 황제의 명을 받들어 명예롭게 죽을 기회."

전부 남의 계획이었다. 해질 무렵 우를 부벽루에 올려 목을 쳐 제 아버지 북의 원수를 갚고, 나머지 왕국의 장수들에게 경고를 하려는 것이다. 우는 눈을 감지 않고 아청에게 시선을 돌렸다. 그녀는 무릎 꿇은 우와 그의 머리 위에서 흔들리는 장검을 번갈아 바라보았다. 우에게도 계획이 있었다.

개죽음을 당하려고 서경에 온 것이 결코 아니다. 부벽루에서 남을 만난 후엔, 강화경에서 아청이 이야기와 노래로만 그리워하던 서경 곳곳을 돌아볼 예정이었다. 두 사람이 새로운 출발을 하기에는 고향 서경이 가장 잘 어울렸다. 끝인가. 정녕 이대로 끝이란 말인가.

"눈을 감기 싫다면 그대로 있거라. 목을 친 다음엔 명령을 따르지 않은 두 눈을 뽑아 술을 담아야겠다."

남이 장검을 높이 치켜들었다. 사선으로 내리 그으면 우의 목이 달아나는 각도였다. 더운 피를 뿌리고 그 위에서 다시 풍악을 울리며 제국은 여기까지 왔다.

정점에 오른 검이 내려오기 직전, 아청의 노래가 시작되었다. 물안개처럼 스미지 않고 처음부터 가장 높은 봉우리에서 수직으로 날아 내리는 참매처럼, 높고 도도하고 시원한 목소리가 순식간에 부벽루를 감쌌다.

　무쇠로 큰 소를 주조(鑄造)해서
　무쇠로 큰 소를 주조해서
　철나무산에 놓습니다.
　그 소가 철초를 먹고 난 뒤에야
　그 소가 철초를 먹고 난 뒤에야

유덕하신 님을 여의고 싶습니다.

남은 장검을 든 채 천천히 몸을 아청에게 돌렸다. 그 장검을 따라 우의 시선도 그녀에게 향했다. 아청은 휘몰아치는 소리를 최고음에서 점점점점 최저음까지 떨어뜨린 뒤 노래를 뚝 멈췄다. 최면에서 깨어나듯 남이 콧김을 내뿜으며 화를 냈다.

"누가 노래를 부르라 했느냐? 누가 노래를 그치라 했어? 계속 부르거라. 내가 그만두라 할 때까지."

아청이 노래를 잇는 대신 우와 눈을 맞췄다. 그리고 남에게 요구했다.

"소원이 두 가지 있습니다."

"감히 제국의 대신과 흥정을 하겠다는 거냐?"

"제국의 아량을 비는 겁니다."

아청은 한 마디도 지지 않았다. 해는 완전히 넘어갔고 그녀의 얼굴은 어둠에 가려 더욱 신비로웠다. 윤곽만 겨우 잡히는 모습이 차분한 그녀의 목소리를 풍부하게 했다. 상상할 부분이 늘어나는 것이다. 주안상 좌우에 등잔불이 켜졌다. 남은 제국의 장수들을 훑고는 우와 함께 온 왕국의 장수들을 바라다보았다. 그들 역시 처지와 형편은 달랐지만 아청의 노래를 이어서 듣고 싶은 바람은 똑같았다.

"소원을 말하라."

아청이 우를 보며 입을 열었다.

"왕국의 장수 강병호를 참하지 말고 기회를 주세요."

남이 잠깐 그녀를 노려보다가 물었다.

"네가 저 자의 정인이라도 되느냐?"

"벗입니다. 정인은 아니에요."

"벗?"

남은 웃음을 터뜨렸고, 우는 제국 대신의 명령에도 치떴던 눈을 감았다. 남이 다시 물었다.

"네 벗을 부벽루에서 베지는 않겠다. 다른 소원은 무엇이더냐?"

"그건, 노래를 마친 후 말씀드리겠어요."

아청이 악공들 쪽으로 걸어가서 거문고를 들고 돌아왔다. 남이 주안상의 중심에 앉았고 우는 도열한 장수들 곁으로 가서 섰다. 아청이 고개를 돌려 까맣게 밤이 내린 서쪽 하늘을 바라보았다. 그리고 다시 제국의 대신과 장수들을 향해 노래를 시작했다. 그녀가 즐겨 연습하는 곡들은 감정을 곧이곧 대로 드러냈다. 느낌을 빙빙 돌리고 미사여구가 많은 노래는 가장 먼저 제쳐두었다. 그러나 오늘 그녀는 가정법으로 이별을 노래하는 곡을 택했다. 결코 이루어지기 힘든 기적에 가까운 조건들을 제시하고 그 일들이 일어나면 이별하겠다는 노래, 반복해서 이별을 말하지만 이별하지 않겠다는 의지로 가득 찬 노래였다. 이별하지 않겠다는 의지는 이별이 코앞에 다가왔을 때 더 단단해지는 것이 아닐까. 혹은 이별하고 나서야 이별을 가정하고 노래하던 날들이 행복한 꽃 시절이었음을 깨닫게 되는 것이 아닐까.

　마지막 대목에서 거문고 연주마저 멈췄다. 아청은 조용히 일어나 침묵 속에서 남을 보며 똑바로 걸었다. 찰랑이는 파도를 밟으며 산책하듯 걸음이 가벼웠다. 그녀가 다가올수록 남의 턱이 올라갔다. 그녀는 장수들에게 유난히 어울리는 대목에 이르자 걸음을 멈췄다. 돌아서서 우를 보며 노래했다.

　무쇠로 철릭(무관이 입는 공복(公服))을 마름질해 내어

　무쇠로 철릭을 마름질해 내어

　철사로 주름을 박습니다.

　그 옷이 다 헐고 난 뒤에야

　그 옷이 다 헐고 난 뒤에야

　유덕하신 님을 여의고 싶습니다.

1271년 5월, 아청은 우의 군선 뱃머리에서 노래를 불렀다. 진도를 새로운 본거지로 삼은 삼별초를 추토하기 위해 꾸린 선단의 선봉이었다. 개경에서 진도까지, 아침부터 저녁까지 단 하루도 노래를 쉬지 않았다. 부벽루에서 마지막으로 부른 노래를 바다 위 첫 노래 삼았다. 이렇게 노래하며 진도까지 나아가게 해달라는 것이 남에게 요구한 아청의 또 다른 소원이었다.

4

청산별곡

여몽연합군(추토군) 이동경로
삼별초 이동경로

진도를 무대로 한 삼별초의 활약

강화경을 떠난 사람들은 진도를 근거지로 하여 추토군과 맞섰다. 높고 고운 나라의 백성으로서 살기 위해, 왕을 다시 세우고 겹겹이 성을 쌓고 숱한 육전과 해전을 벌였다.

마음을 얻는 쪽이 이긴다. 사랑도 전투도 마찬가지다. 겹겹이 무장을 하고서도, 말 한 마디 노래 한 소절에 속절없이 무너지는 것이 또한 마음이다. 그 마음을 얻기 위해 수많은 연애담과 병법서가 탄생했다.

1270년 6월부터 1271년 5월까지, 삼별초는 곳곳에서 승리했다. 진도로 쳐들어온 추토군을 물리쳤을 뿐만 아니라, 나주와 전주 그리고 합포 일대를 점령하여 군량미와 의복을 확보했다. 제주까지 건너가서 진지를 구축하기도 했다. 강화경을 지키기 위해 양성한 정예병과 지방 병사의 수준 차이는 현격했다. 특히 바다를 끼고 벌어진 전투에서 삼별초와 대적할 부대는 없었다. 무엇보다 삼별초에겐 제국과 맞서 싸우려는 의지가 강했다. 강화경에서 개경으로 환도한 왕은 이미 자격을 잃었다는 목소리도 드높았다. 삼별초는 새로운 왕을 옹립했다. 장수들이 왕좌를 차지하는 대신 왕족을 내세운 것이다. 높고 고운 왕국의 이름으로 제국과의 전쟁을 지속하기 위함이었다.

서경이나 개경에서 큰소리치던 제국의 장수들도 해전이 시작되면 지레 겁을 먹고 후군으로 달아나기 일쑤였다. 해전 경험이 몇 번 있긴 했지만 초행인 그들에게 서해 뱃길은 미로와 마찬가지였다. 치고 빠지며 공격과 수비를 자유자재로 구사하는 삼별초 군선을 당해낼 재간이 없었다.

좌는 늘 선봉에 섰다. 안면소 앞바다에서 군선을 잃고 석 달 넘게 절치부심하다가 새로 만든 군선에 오른 후 더욱 용맹하게 싸웠다. 우의 급습을 받고 전사한 병사들 몫까지 감당하려 애썼다.

좌가 삼별초 선봉장으로 맹활약한다는 소식을 우도 들었다. 추토군 사이에서 좌는 피에 굶주린 진도의 불사신으로 통했다. 화살과 장검이 갑옷을 뚫지 못한다고도 했다. 좌의 목에 따로 두둑한 포상금이 걸렸으나 방(榜)에 붙은 초상화만 보고도 두려움에 떠는 병사가 부지기수였다.

아청이 제국의 대신 남에게 진도로 가는 추토선에 승선해 노래하겠노라 청한 이유가 분명해졌다. 진도로 가서 좌를 만나려는 것이다. 우가 먼저 눈치를 챘다. 그녀에게 죽은 좌는 추억의 대상이지만 살아 있는 좌는 미래의 목표였다. 그녀는 노래 연습에 몰두했다. 우는 연습실 밖에 서서 노래를 들을 때마다 가슴이 답답하고 손에 땀이 차올랐다. 질투심이었다. 아청이 자진해서 좌의 군선에 오른 것이다. 그녀가 좌를 사랑하는 것이다.

우는 아청의 도움으로 부벽루에서 살아 돌아온 후 불면증에 시달렸다. 목숨을 건졌다는 안도감보다 그녀가 강화경에서 좌를 택했다는 사실에 울분이 차올랐다. 세상에서 가장 소중한 보석을 빼앗긴 심정이었다. 활터에서 화살을 천 발이나 쏘고도 분노가 스러지지 않았다. 그렇다고 그녀의 노래 연습을 중단시킨 것은 아니다. 우는 진도에서 모든 것을 정리하리라 마음먹었다. 좌가 살아 있는 한, 그녀는 계속 좌에게 가려 할 것이다. 좌를 죽여 없애는 것만이 유일한 해결책이었다.

1271년 5월 진도로 향한 추토군 선봉은 우가 맡았다. 군선과 병사 수로 볼 때 예전의 추토군보다 백 배는 강했다. 제국의 대신 남이 추토군 으뜸 장수로 참전하면서 규모가 더욱 커졌다. 왕이 벽란도까지 환송을 나왔다. 남은 왕에게 동쪽의 끝을 정벌할 준비를 해놓으라고 요구했다. 정벌에 앞서 반드시 패퇴시켜야 할 대상이 삼별초였다.

제국의 장수 중 하나에게 선봉을 맡기리란 예상을 깨고, 남은 우를 선봉에 세웠다. 제국의 장수들이 불만을 제기했지만 남은 결정을 번복하지 않았다. 우를 택한 이유를 묻자 간명하게 답했다.

"몰라서 묻나? 그대들 군선에는 없는 병기를 우만 확보했지 않은가?"

제국의 군선엔 없고 우의 군선에만 있는 병기는 곧 아청이었다. 아청은 개경에서 진도까지 노래했다. 우의 군선 뱃머리에 서서 아침부터 저녁까지 쉬지 않았다. 좌의 군선 뱃머리에서 부른 것과 똑같은 노래였다. 삼별초가 좋아하는 노래를 추토군도 좋아했다. 차이가 있다면, 바다 위에서 그녀의 노래를 즐기는 무리가 하나 더 늘었다는 것이다. 남은 으뜸 장수가 중군에 머무는 관례를 깨고 남진하는 내내 선봉 바로 뒤에 자리를 잡았다. 제국의 병사들 역시 노랫말을 알아듣진 못했지만 낭랑한 그녀의 노래를 즐겼다. 가사까지 함께 음미하는 제국의 사람은 남뿐이었다.

아청은 대부분 서서 노래했지만 가끔 앉아서 거문고를 연주했다. 그 위에 노래를 얹기도 했다. 식사는 하루 한 끼 저녁에만 했다. 아침과 점심은 물 한 모금이 고작이었다. 음식을 속에 채우면 노래가 맘껏 나오지 않으며 음색도 탁해진다고 했다. 미세한 차이지만 그녀는 차선이나 차악은 고려하지 않았다. 오로지 최선만을 고집했다. 우는 그녀를 걱정하며 자주 뱃머리로 왔다. 우가 곁에 머물러도 쉬거나 대화를 나누지 않았다. 오히려 더 큰 목소리로 긴 노래를 불렀다.

아청은 수백 곡의 노래를 외우고 있었지만 강화경에서 만들고 불린 노래만을 고집했다. 병사들이 신청곡을 내더라도 강화경의 노래로 돌아가고 또 돌아갔다. 해질 무렵, 노래를 마치고 지휘방으로 들어서는 아청의 표정은 늘 어두웠다. 지치기도 했지만 맘에 들지 않는 부분을 곱씹었던 것이다. 닷새 동안 그 표정을 살피던 우가 저녁상을 직접 챙겨 지휘방으로 갔다.

"뭐가 문제야?"

아청이 솔직하게 답했다.

"몇 대목이 자꾸 걸려. 아버지의 노래 뭉치로 확인하고 싶은데 죄다 떠내려가 버렸네. 노래가 만들어진 배경과 가창 방식을 적은 종이가 서재 어디쯤 몇 쪽 몇째 줄에 있었는지 또렷하게 기억나. 하지만 거기 있었다는 기억만 날 뿐, 문장들이 떠오르진 않아. 이럴 줄 알았다면 모조리 외워둘 것을. 그 배가 진도에 닿기도 전에 침몰할 줄 몰랐어. 이보다 더 큰 불효가 없네."

고음의 노래 뭉치를 아쉬워하는 것이다. 좌의 군선이 침몰할 때 함께 흩어졌다. 수만 장의 종이가 수면에 떠 파도에 넘실거리는 것을 우도 보았다. 노랫말은 대부분 암기했지만, 각 단어나 문장의 흐름과 분위기를 최고로 끌어올리기 위해 고음의 노래 뭉치를 읽고 싶은 것이다. 그녀는 지휘방에 홀로 누워 조심조심 부르다가 멈칫거리기도 했다. 답 없는 문제를 만난 듯 이마와 눈가에 주름이 잡혔다. 좌의 군선을 침몰시킨 장본인이 바로 우였다. 아청을 구할 마음만 앞섰지, 지휘방을 가득 채운 노래 뭉치까지 고려하진 못했다. 알았다고 하더라도, 전투 중에 그것까지 챙길 여유는 없었다.

"자랑스러워하셨지. 강화경에서도 그랬고, 저승에서 네 모습을 보신다면 더더욱 기뻐하실 거야. 고음 선생에겐 충분히 배웠으니 네 식대로 그냥 불러. 이제 왕국 으뜸 가인은 바로 너니까."

아청이 고개를 저었다.

"함부로 부를 노래가 아냐. 확실하게 알고 불러야 하는 곡들이라고. 제 감정에 겨워 흥얼거릴 노래라면 내가 꼭 불러야 할 필요도 없겠지. 아버지가 평생 그토록 만나고 묻고 따지고 고칠 까닭도 없었고. 이 곡들은 단순한 사랑노래가 아냐. 사랑하는 감정 이상의 사건과 생각이 곳곳에 박혀 있어. 부끄러워. 엉터리로 노래를 부르고 있는 내가."

그래도 부르지 않겠다는 식으로 결론을 몰진 않았다. 우는 출항과 동시에 노래를 부르기 시작한 아청에게 궁금했던 질문을 꺼냈다.

"삼별초와 가던 때와 우리와 갈 때, 부르는 노래가 어떻게 달라?"

"같아."

"같다고?"

"노래도 같고, 노래를 부르는 내 마음도 같고."

"그들은 삼별초고 우린 추토군이야. 전쟁터에서 맞설 적이라고. 어떻게 같을 수가 있지?"

"그게 노래의 힘이야. 같은 노래를 부르더라도 각자 처지에 맞게 받아들이지. 가인은 일인이고 청중은 만인이어라! 가인이 일부러 노래를 바꾸거나 만들거나 없앨 필요가 없어.

가인은 정성을 다해 노래할 뿐."

"노래에 바람을 담는다고 했잖아?"

"맞아. 이 노래를 듣는 이들이 행복하기를!"

"삼별초의 행복과 추토군의 행복이 같을 리 없잖아. 완전히 상반된다고."

"가인이 거기까지 결정하진 않아. 가인은 가인의 역할이 있고 청중은 청중의 역할이 있지. 내 노래를 듣는 동안 마음이 깨끗해지고 삶의 기운이 움터나면 그걸로 나는 만족해."

아청은 명필이 붓을 고르지 않듯 제 노래를 들을 청중을 미리 정하지 않았다. 우가 못을 박았다.

"기대하지 마."

"…뭘?"

아청은 곧장 묻지 않고, 우의 눈을 들여다보았다.

"이번엔 완전히 끝날 거야. 네가 좌를 만날 일도 없어."

우는 부벽루를 내려오며 그녀의 마음을 가늠했었다. 진도에 있는 좌를 만나기 위해서는 군선에 올라야 했고, 군선에 오르기 위해서는 노래를 불러야 하는 것이다. 그녀도 피하지 않고 물었다.

"넌 내게 뭘 기대하는데?"

우는 아랫입술을 깨물었다.

"성급하게 굴진 않겠어. 진도에 숨은 삼별초의 앞날은 짧지만, 그들을 추토하러 가는 나와 또 내 군선에서 노래하는 너의 앞날은 기니까. 깔끔하게 정리할 거야. 버릴 건 버리고 지울 건 지우고. 세상에 너와 나, 둘만 남는 날이 오겠지. 그때 방금 던진 물음을 다시 해줘."

내일이라고 했다. 추토 대선단이 진도 앞바다로 들어설 것이다. 언제 어느 곳에서든 해전이 벌어질 수 있다는 뜻이다. 우는 그 밤에 부장을 시켜 아청을 중군으로 옮기도록 했다. 아청이 소선을 타고 우의 군선을 떠날 때, 우는 갑판 아래 부장 방에서 나오지 않았다. 소선에서 우의 군선을 바라보던 그녀가 단어 하나를 길게 읊었다.

"처엉사안!"

청산(靑山)! 우는 그 소리에 이끌려 갑판으로 나왔다. 소선은 배의 후미로 사라지고 없었다. 우는 개경을 출발한 후 오늘 저녁까지 아청이 노래했던 뱃머리에 서서 어둠을 향해 활을 연거푸 쐈다. 시위를 당기던 팔이 떨렸다. 시위를 풀거나 고개를 돌리진 않았다. "청산, 푸른 산이 무엇인가요?"라고 아청이 고음에게 질문하던 자리에 우도 있었다. 아청이 설산의 암자에서 내려와 제국의 사신 앞에서 이 노래를 부르고 사흘을 앓은 직후였다. 고음은 답하지 않고 아청의 생각부터 물었다. 그녀가 생각을 풀어놨다.

"처음엔 강화경의 산 중에 하나인가 싶어 살펴봤어요. 하지만 여러 봉우리 중에서 청산이라 불릴 만큼 아름답고 평화로우며 넉넉한 곳은 없더군요. 개경에서 강화경으로 들어온 이후엔 섬 전체가 전쟁터이지 않습니까? 그 담엔 개경 근처에 이와 같은 산이 있을까 고민했어요. 하지만 개경을 떠나 강화경에 들어온 마당에 개경 근처 명산들을 언급하며, 그 산에 들어가서 머루랑 다래랑 먹으며 살고 싶다고 노래하는 것도 이상한 노릇이지요. 행복하게 살고 싶은 곳을 대표하여 청산으로 했을까 하는 데까지 생각이 미쳤습니다. 방상의 경험 많은 가인들도 대부분 그렇겠거니 하더군요. 무릉도원의 우리 식 표현이라고도 했고, 삼신산 중 하나로 믿어버리라고 했어요. 하지만 그렇게 막연히 두고 지나가긴 여러모로 불편하더군요. 무릉도원이나 삼신산을 마음에 품은 이들이 지은 노래가 아니지 않습니까? 우린 계속 제국과 싸우고 있어요. 전쟁터를 떠나 무릉도원이든 삼신산이든 훌쩍 가서 편히 살

형편이 아니에요. 이 노래를 만들고 함께 부른 이들이 살고 싶어한 청산이 어디인지 정확히 알고 싶어요. 가능하다면 그 산을 다녀왔으면 좋겠다는 생각도 들고요. 아시면 남김없이 알려주세요. 그래야 이 곡을 더 잘 노래할 수 있을 듯해요."

고음은 빙긋 웃기만 할 뿐 끝내 답을 주지 않았다. 서재에 남긴 노래 뭉치엔 청산에 관한 자료도 꽤 많았다. 그것들을 모두 바다에서 잃고, 아청은 노래가 완전하지 못하다며 괴로 워했다.

우가 다시 화살을 뽑아 걸고 밤하늘을 겨눴다. 어금니를 앙다물며 다짐했다.

봉쇄! 삼별초 군선도 구경하기 힘들 거야.

우는 아청을 군선에 태우고 개경을 떠날 때부터, 전투가 시작되기 직전에 안전한 중군으로 그녀를 빼리라 마음먹었 다. 선봉은 항상 적의 표적이 된다. 더군다나 삼별초 선봉은 이변이 없는 한 좌의 군선이 맡을 것이다. 군선끼리 근접전 이 된다면, 우와 좌의 군선이 가장 먼저 맞붙을 가능성이 컸 다. 아청이 선봉을 맡은 우의 군선에서 노래한다면, 좌는 필 사적으로 달려들 게 뻔하다. 우의 군선을 격침하고 아청을 되찾아가려 할 것이다. 우로서는 그와 같은 위험을 감수할

까닭이 없었다. 무엇보다도 근접전에선 아청이 부상을 당할 수도 있었다.

안개가 자욱한 다음날 새벽부터 전투가 시작되었다. 추토 대선단은 군선과 병사의 수를 삼별초에게 들키고 싶지 않았다. 안개가 걷히기 전 과감하게 진도로 나아가며 선공을 펼쳤다. 남의 대장선을 비롯한 제국의 군선은 어느새 중군으로 빠지고 우가 이끄는 왕국의 추토선들만 선두에 섰다. 처음부터 전투는 치열했다. 기선을 제압당할 수는 없었던지, 삼별초 역시 최강수로 버텼다.

물살이 첫 전투의 승패를 갈랐다. 이 날 처음 도착한 추토선단은 육지와 진도를 가르는 좁은 바닷길의 물살이 언제 어떻게 바뀌는지 몰랐다. 제국의 대신인 남은 맹공만을 명령했다. 우는 삼별초 군선을 격침하며 나아가고 또 나아갔다. 그런데 어느 순간 물살이 바뀌면서 두 배 혹은 세 배 더 빠르고 큰 소리로 바다가 울기 시작했다. 비유가 아니라 정말 바다가 우르르르르르르르르릉, 울음을 토했다. 그 울음이 신호였던가. 물러나던 삼별초 군선들이 방향을 돌려 반격해왔다. 추토선들은 힘껏 노를 저어도 계속 밀렸고, 삼별초 군선들은 노를 젓지 않고도 힘차게 달려들었다. 우가 소리쳤다.

"현재 위치를 고수하라! 뱃머리를 돌리지 마라! 횡으로 열을 맞춰라!"

겁을 먹은 추토선들은 거친 물살을 받으며 우왕좌왕했다. 배와 배가 부딪치고 병사들이 급류에 휩쓸려 사라졌다.

그즈음 안개가 걷혔다. 우는 자신의 군선을 향해 달려드는 삼별초 선봉을 노려봤다. 좌의 군선이었다. 뱃머리에 선 좌는 거리를 두고 화살을 쏘는 대신 배를 붙이려 했다. 우의 군선을 공격하기 전에 갑판 위를 샅샅이 살폈다. 아청을 찾는 것이다. 먼저 공격한 쪽은 오히려 우였다. 우는 아청이 노래하던 뱃머리에 서서 활을 들어 좌를 겨눴다. 가장 멀리 날아가는 화살을 쥐었다. 살갗을 스치기만 해도 상처가 썩어 죽음에 이르는 독화살이었다.

두 군선이 가까이 붙었다. 좌와 우의 시선이 마주쳤다. 힘껏 부르면 대화도 가능할 거리였다. 우가 씹어삼키듯 말했다.

"여기가 끝이야."

시위를 당겼다. 화살이 좌의 가슴을 노리며 날아갔다. 좌는 피하지 않고 방패를 높이 들었다. 우가 날린 화살의 빠르기나 각도를 이미 파악한 듯 방패를 들어올리는 데 주저함이 없었다. 그 방패 중앙에 화살이 박혔다. 우는 좌를, 좌는 우를 너무 잘 알았다. 장검에서부터 강궁과 장창을 함께 배우고 익힌 결과였다. 장점뿐만 아니라 약점과 특유의 습관까지 충분히 파악했다.

좌는 우의 군선을 당파하지 않았다. 우의 군선을 비껴 지나갔을 뿐만 아니라 십여 척의 군선을 더 지나친 뒤에야 추토선들과 부딪쳤다. 그 새벽, 삼별초가 구사한 전략은 왕국의 군선과 제국의 군선을 나누는 것이었다. 즉 우를 비롯해 선봉에 선 군선은 내버려 둔 채, 중군 쪽으로 물러나 있던 제국의 군선들을 노리며 달려들었다. 제국의 군선들은 응전하지 않고 물러섰다. 삼별초 군선은 끌려 들어가지 않고, 추토 대선단을 양분한 것에 만족한 듯 뱃머리를 돌려 왕국의 군선들을 공격했다. 제국의 대신과 장수들이 보는 앞에서 추토선들을 한 척 한 척 침몰시킨 것이다. 제국에서 둘째 가라면 서러워 할 장수들에게 두려움을 심기에 충분한 장면이었다.

전세를 확정지을 정도의 완승과 완패는 아니었다. 삼별초는 바다 울음이 잦아들자 전투를 중단하고 진도로 돌아갔다. 그만큼 물살의 흐름에 맞춰 미리 세워둔 전략에 따라 움직인 것이다.

그 밤에 우는 제국의 대신이자 추토 대선단 으뜸 장수인 남의 호출을 받았다. 남의 대장선은 우의 군선보다 두 배나 컸다. 바다에선, 특히 섬이 많은 서해에선 큰 배가 꼭 유리하지는 않았지만 남의 요구에 이의를 제기할 왕국의 장수는 없었다. 우가 도착했을 땐 여름비가 내리기 시작했다. 남은 지휘방이 아니라 갑판에 천막을 치고 그 안에서 제국의 장수들과 군중회의를 하고 있었다. 남의 명령을 역관이 옮겼다.

"꿇거라!"

남은 우를 천막 안으로 들이지도 않고 명령했다. 우는 그대로 선 채 남과 제국의 장수들을 쏘아보았다.

"무릎을 꿇으라고 하지 않느냐?"

"소장에게 왜 그와 같은 명령을 내리십니까?"

우가 되물었다. 부벽루에서의 치욕이 살아났다. 그때는 아청의 노래 덕분에 목숨을 건졌다. 그러나 남이 언제든 자신의 목숨을 취하려 들 것이라고 우는 예상했다. 전쟁터는 탐탁지 않은 부하 장수를 곤경에 빠뜨리기 좋은 곳이었다. 예측불가한 일들이 돌발적으로 일어나는 곳이 바로 전쟁터 아닌가. 특히 바다에선 잘잘못을 따지기 더욱 힘들다. 누명을 씌워 처단하려 들면 무죄를 입증하기 어렵다. 죄가 있는 것보다 죄가 없음을 증명하는 일이 천 배는 더 힘들다고 하지 않는가. 우는 서경에서 살아 돌아온 직후부터 남에게 약점을 잡히지 않으려 무던히 애썼다. 남이 생트집을 잡는다면 물러서지 않고 당당히 할 말은 하리라 마음먹기도 했다.

"패장이 입을 놀리는 법도 있다더냐?"

"누가 패장이란 말입니까?"

"그럼 오늘 추토군이 승리했느냐?"

"첫 전투일 뿐입니다. 승패를 논하기는 이릅니다."

"이르다?"

"아군의 피해가 적군보다 컸더라도, 그 잘못을 어찌 소장이 져야 합니까?"

남의 목소리가 빨라졌다. 역관 역시 같은 속도로 옮기다가 중간중간 거친 숨을 몰아쉬었다.

"선봉에서 군선을 이끌고 해전을 치른 자가 누구이더냐? 먼저 무릎을 꿇고 갑판에 이마를 두드리며 용서를 구해도 살려줄까 말까이거늘, 정녕 목이 잘려 물고기 밥으로 사라지길 원하는 것이냐?"

"선봉을 맡고 군선들을 독려하여 싸우라는 군령을 따랐을 뿐입니다."

"군령? 그 말인즉 군령을 내린 내 책임이다, 이 말이냐?"

"…."

우는 답하지 않고 서 있었다. 빗방울이 굵어졌다. 빗방울이 볼을 때렸다. 투구와 갑옷 사이로 빗물이 파고들었다. 이제 어떤 트집을 잡을까. 군령은 제대로 내렸는데, 선봉의 군선들이 군령에 따라 최선을 다해 싸우지 않았다고 탓할까. 그렇게 덮어씌우면 빠져나가기가 쉽지 않다. 제국의 장수들은 하나같이 중군으로 물러나 있었으니까. 남이 다음으로 택한 화살은 우가 전혀 예측 못 한 것이었다.

"오늘은 왜 선봉에서 노래가 나오지 않았는가?"

우는 날씨 탓을 했다.

"안개 자욱한 새벽이었습니다. 아군의 선봉이 어디쯤 왔는가를 적에게 숨겨야 하겠기에…."

"안개가 걷힌 후엔 왜 노래가 없었느냐?"

"육지와 섬 사이, 바닷목의 울음이 너무 컸습니다. 노래를 부른다고 들릴 상황이 아니었습니다."

이번엔 바다 울음 핑계를 댔다. 사실이기도 했다.

"선봉을 맡은 군선에 아청, 그 가인이 없어서는 아니고?"

전날 밤 아청을 중군으로 몰래 옮겼으니, 그녀가 선봉에서 노래하는 것은 아예 불가능했다. 남은 우가 밤에 한 일을 죄다 알고 있었다. 도둑질한 장물을 숨겼다가 들킨 아이처럼 우의 표정이 딱딱하게 굳었다.

"노래는…, 승패와 관계가 없습니다."

남이 말꼬리를 잡아챘다.

"관계가 없다? 정말 그리 생각해?"

"그렇습니다."

"아청이 부벽루에서 노래하지 않았다면 네놈은 벌써 목이 달아났어. 수많은 가인의 노래를 들었지만, 감히 제국의 대신을 등지고 노래한 가인은 아청뿐이다. 충분히 그런 짓을 할 만큼 빼어났어. 그래서 그녀도 살고 너도 산 게고."

"대동강변 부벽루와 서해 바다 진도는 다릅니다."

"난 아청의 노래가 이번 추토에서 매우 중요한 역할을 하리라고 본다. 내기라도 하겠는가?"

"내기라 하시면?"

남의 말이 느려졌다. 우의 무릎을 꿇리고 말고는 관심사가 아니라는 듯 답했다.

"판돈부터 걸어. 네가 이긴다면 오늘의 무례를 용서해주겠다. 허나 내가 이긴다면…, 넌 내 몸종이 되는 거다. 어때?

자신 있느냐?"

몸종! 천것이 되어 평생 남의 시중을 들어야 한다는 얘기다. 돌이키기엔 너무 멀리 와버렸다.

"알겠습니다. 그리 하겠습니다."

"아청은 지금 어디에 있는가?"

우는 순순히 답했다.

"어젯밤 중군의 군선으로 옮겨됐습니다. 전투 중에 노래를 부르도록 명령하실 것이라면…."

내기에 응할 수 없었다. 노래를 부르기 시작하면 아청은 그 노래에만 빠져든다. 전쟁터에서 그렇게 하면 목숨을 잃기 십상이다. 남이 이번에도 우가 짐작 못한 화살을 꺼냈다.

"전투 중인 군선에 탈 필요까진 없지. 적진 가까이 갔다가 급습이라도 당하면 큰 손해니까. 삼별초 선단이 정박한 진도 해안을 향해 노래만 들려주면 돼. 깊은 밤, 자정쯤, 자장가처럼. 그 정도는 할 수 있지? 당장 오늘밤부터 시작해."

삼별초를 향해 노래하라!

아청을 그렇게 쓸 줄은 미처 몰랐다.

"언제까지 노래를 부르란 겁니까?"

남이 답했다.

"네가 이겼다는 생각이 들 때까지! 혹은 네가 완전히 졌다는 생각이 들 때까지! 삼별초를 궤멸하고 나면 결과를 논할 수 있겠지. 그땐 내 앞에 무릎부터 꿇어야 할 거다. 몸종이 주인 앞에서 꿇는 건 당연하니까. 서둘러! 아청에게 가라. 몇 곡이나 할 건지 어떤 노랠 할 건지는 그녀에게 맡겨. 우리가 이런 내길 한다는 건 감추고. 알겠느냐?"

우는 배에서 내려 중군의 군선들 사이로 소선을 몰았다. 아청이 삼별초 군선과 맞닥뜨리는 것을, 멀리서 진도를 바라보는 것조차 봉쇄하려 했다. 그런데 남은 아청을 추토군 선봉보다도 더 앞에 세우라는 것이다. 왕국의 으뜸 가인 아청이 추토군에 있음을 삼별초 병사들에게 알리라는 것이다. 우는 이 군령이 탐탁지 않았다. 노래를 들으면 어떤 식으로든 좌가 움직일 것이다. 좌와 맞서기 위해서는 우 역시 사력을 다해야 했다.

아청을 옮겨둔 군선에 올라 지휘방으로 갔다. 아청은 온종일 허리를 꼿꼿이 펴고 앉아 음식은 물론이고 물 한 모금 마시지 않았다. 우가 들어서자 눈을 크게 뜨고 노려봤다. 왜 자신을 이 배로 옮겨 가뒀느냐고 따지는 것이다.

"나가자!"

어디로? 그녀가 움직이지 않고 다시 눈으로 물었다.

"밤에도 노래할 수 있지?"

노래? 아청은 무릎을 펴고 일어섰다. 다리가 흔들렸다. 종일 앉아 있는 바람에 발목과 무릎이 굳은 탓이다. 휘청이는 그녀를 우가 붙잡아 보호했다.

"괜찮아?"

아청이 고개를 들고 눈을 맞췄다. 축축하고 아득한 눈빛이었다. 장대비를 뿌리는 먹구름의 어둠처럼.

우는 아청을 소선에 태우고 자신의 군선으로 갔다. 안면소 앞바다에서 좌의 군선을 침몰시키고 아청을 구해올 때 동행했던 군선 다섯 척만 좌우로 거느린 채 진도를 향해 떠났다. 뱃머리에 천막을 치고 그 안에 아청을 세웠다.

"노래가 섬까지 들리겠다 싶으면 멈춰달라고 해. 적선이 추격해도 충분히 따돌릴 거리는 유지할 거야."

아청이 밤비에 젖은 섬을 바라보았다. 멀리 불빛이 희미하게 일렁거렸다. 삼별초 선봉대가 정박한 바닷가였다.

"섬을 향해 노래하라고? 이렇게 그냥 서서?"

납득하기 힘들었다. 전투 중인 낮엔 중군 군선에 가둔 채 바깥 공기조차 맡지 못하도록 했는데, 비 내리는 밤엔 추토군 선봉보다 더 나아가 섬을 향해 노래를 부르라는 것이다. 섬을 향해 노래하란 것은 곧 삼별초 장졸들이 듣도록 노래하란 뜻이다. 하루 만에 노래를 듣는 대상이 바뀌었다.

"더 알려고 하지 마. 노래만 하면 돼. 청중을 가리지 않는다며? 싫어?"

"아니, 할게."

아청이 반 박자 빨리 답했다. 노래라도 부르지 않으면 숨이 막힐 지경이었다. 중군 군선에 갇힌 채 전투가 끝나버린다면, 좌와 재회하지 못한다면, 혹은 싸늘하게 식은 좌의 시신만 보게 된다면, 그녀 역시 목숨을 이어가지 못할 듯했다. 좌의 얼굴을 쳐다보며 부르는 노래는 아니지만, 그가 있는 삼별초 선단을 향해 노래하는 기회를 놓칠 수 없었다. 좌는 노래를 듣자마자 이 노래의 주인을 알아차리리라. 아청이 서경이나 개경이 아닌 진도 앞바다까지 온 것이다. 이 밤에 당장 만나지 못하는 슬픔이 짙게 깔리겠지만 그것마저 기쁨으로 바뀌리라. 우리는 이 밤 같은 파도를 맞으며 같은 하늘을 올려다보는 중이니까. 고마운 일이다.

"다섯 곡만 해."

남은 아청에게 모든 걸 맡기라고 했지만, 우는 장대비 쏟아지는 밤에 노래를 지나치게 많이 불러 병이라도 걸리지 않을까 걱정스러웠다. 가인들은 여름이나 겨울에 특히 목을 아꼈다. 습한 기운이 천하를 뒤덮는 폭우나 폭설엔 말도 줄이고 일찍 잠자리에 들었다. 여름 밤, 비 내리는 선상에서 노래하는 것은 아청도 처음이었다.

"어떤 노래를 해?"

눈이 마주쳤다. 이것 역시 남은 그녀에게 맡기라 했다. 우가 답했다.

"이별 노랜 말고…."

"행복한 곡으로?"

"그래, 행복한 곡으로!"

아청이 고개를 끄덕인 후 돌아섰다. 우를 비롯한 여섯 척의 군선이 조용히 진도를 향해 나아갔다. 우는 그녀의 등을 보며 서 있었다. 흐릿하던 바닷가 불빛이 점점 더 커졌다. 자신감인가. 좌가 이끄는 삼별초 선봉대는 자신들이 정박한 해안을 숨기지 않았다. 횃불을 훤히 밝혀 추토선에게도 보이도록 했다. 급습하고 싶으면 얼마든지 오라는 식이다. 함정일지 모른다고 우는 의심했다. 좌는 삼별초 장수들 중에서도 병법에 밝았다. 대책 없이 횃불을 밝히지는 않았을 것이다.

가까이 다가가는 것은 위험했다. 삼별초의 날렵한 비선들이 바다에 떠 있다가 달려들 수도 있었다.

아청의 노래가 얼마나 멀리멀리 퍼져갔던가. 가녀린 여인의 목소리라고 장부보다 못하다 여기다간 큰코 다친다. 방상의 가인이 되려는 이들은 개경의 박연폭포에서 몇 년씩 피를 토하며 연습했다. 목소리가 폭포를 뚫고 나와야 시험에 응시할 기회가 주어졌던 것이다. 강화경으로 들어온 후로는 박연폭포에서 연습하는 이들은 없었으나 크고 또렷하고 길게 소리를 내는 수준은 유지되었다. 아청은 방상 가인 중에서도 으뜸이었다. 병사 열 명의 고함보다 더 멀리 소리를 보내는 재능을 지녔고 방법을 알았다. 좌와 우는 아청의 소리를 어릴 때부터 들어왔다. 두 젊은 무인의 고함이 닿는 지점보다 다섯 배 먼 곳에서도 아청의 노래가 들렸다.

우는 다시 생각했다. 이 정도면 아청의 노래가 충분히 삼별초 군선에 닿고도 남을 것이다. 그러나 그녀는 조금 더 다가가기를 원했다. 장대비에 혹시 노래가 묻히지 않을까 걱정인 듯이. 드디어 그녀가 오른손을 가만히 들었다. 우는 군선을 멈춰세웠다. 그녀가 고개만 돌리고 물었다.

"이 정도면 될까?"

확신하지 못하는 얼굴이었다.

"충분해."

아청이 다시 고개를 돌려 바닷가를 바라보았다. 횃불이 하나 둘 셋 넷 다섯, 모두 다섯 개가 빗속에서 맹렬하게 타올랐다. 그녀는 횃불 하나에 노래 한 곡씩 선사하기로 했다. 가슴 밑바닥까지 숨을 들이마셨다. 덥고 축축한 공기가 순식간에 입과 목을 통해 들어와 온몸으로 번졌다. 두 발을 제자리걸음 하듯 번갈아 고쳐 디뎠다. 노래를 시작하기 전, 아청의 독특한 습관이었다. 오른손을 내밀 듯 들고 첫 곡을 시작했다.

살아야 살아야 했을 것을

청산에 살아야 했을 것을

머루랑 다래랑 먹고

청산에 살아야 했을 것을⋯.

아청의 노래가 시작될 즈음, 좌는 지휘방에서 해도를 보다가 얼핏 졸았다. 꿈을 꿨다.

서경 지하 감옥에서 풀려나 강화경으로 돌아온 후였다. 공연을 마친 아청이 좌의 집으로 찾아왔다. 좌는 별당에서 식음을 전폐하고 앓는 중이었다. 그녀는 깨끗한 수건과 고음이

남긴 약주가 든 호리병을 들고 별당으로 갔다. 그런데 별당
엔 이불만 어지럽게 흩어져 있을 뿐 좌는 보이지 않았다. 그
녀는 이불과 요를 정리한 뒤 다소곳이 앉아 기다렸다. 얼마
나 기다렸을까.

"돌아가."

문밖에서 좌의 목소리가 들려왔다. 아청이 방문을 열려고
했지만, 밖에서 자물쇠로 잠근 뒤였다.

"네 몸 네 뼛속까지 독기가 침범했을 거야. 약주로 닦아내
지 않으면 목숨이 위험해. 이리 들어와서 누워."

"안 돼. 내 안의 독기가 너를 해칠지도 몰라. 썩어 문드러
지는 이 병을 네게 옮길 수는 없어."

"괜찮아, 난! 네 목숨부터 돌봐야지."

"내가 괜찮지 않아."

"제발! 독 기운이 더 퍼지기 전에 치료해야 해. 나 그렇게
약한 사람 아니야. 방상의 으뜸 가인 아청이라고."

"고마워. 그 마음만 받을게."

"한시가 급해."

"헛되이 기다리지 말라고 알려주러 온 거야."

아청이 잠시 말문을 닫았다가 노래를 부르기 시작했다.

'처엉사안'을 그리는 노래는 평소보다 더 유장하고 아렸다.

거기서 좌는 꿈을 깼다. 꿈에서 깨고도 여전히 노래가 들렸으므로, 좌는 손바닥으로 제 뺨을 세게 쳤다. 노래는 사라지지 않았다. 꿈이 아니라 생시에 아청의 노래가 들려왔던 것이다.

좌는 탁자에 펼쳐둔 해도를 접지도 않고 지휘방을 나와 갑판으로 올라갔다. 병사들이 이미 여럿 밤바다를 향해 서 있었다. 더 많은 병사가 갑판으로 모였다. 바닷가 초가에 임시 거처를 마련하고 조각잠에 빠져들었던 병사들도 대부분 깨어 나왔다. 그들 모두 이 노래를 알았고, 지금 누가 노래를 부르고 있는지도 알았다. 강화경을 떠나 안면소 앞바다에 이를 때까지, 선봉에 선 좌의 군선에 접근하여 듣고자 했던 바로 그 가인의 목소리. 아청이었다. 아청이 비 내리는 바다 한가운데에서 삼별초 장졸을 향해 노래를 부르고 있었다.

첫곡이 끝났을 때, 병사들은 눈물을 흘렸다. 빗물이라 우기는 이도 있었지만 틀림없는 눈물이었다. 병사들은 강화경에 머물며 제국과 싸우는 동안 혹은 그 섬을 떠나올 때도 이 노래를 수없이 듣고 불렀다. 그렇지만 이 노래에 눈물을 흘린 것은 이번이 처음이었다. 눈물은 〈가시리〉에서 뽑고 이 노래에선 청산에 희망을 담곤 했던 것이다. 그녀의 목소리가 오늘따라 유장하게 슬펐던 것도 아니다. 오히려 조금 더 빠르고 가벼웠다. 새벽이슬 털어낸 잎사귀처럼.

"왜 우는가?"

좌는 지극히 개인적이고 본질적인 질문을 병사들에게 던졌다. 대답은 다양했다.

"반가워서요. 다신 이 목소리를 못 듣는 줄 알았거든요."

"맘이 너무 푸근해졌어요. 전쟁터가 아니라 고향 집으로 돌아간 기분이랄까요. 제 고향도 포구랍니다. 늦은 밤 바다에서 들려오는 노래를 듣곤 했습니다. 고기잡이를 마치고 돌아오는 어부들이, 그 속에 제 할아버지와 아버지도 포함됩니다만, 만선의 기쁨을 노래에 담았던 거죠. 물론 방금 들은 노래보다는 훨씬 못하지만, 그래도 저는 어부들의 합창을 잊기 어렵습니다."

"세상을 일찍 버린 친구 생각이 났습니다. 지난번 나주 전투에서 유일하게 목숨을 잃은 병사, 그이가 바로 제 친굽니다. 무덤도 없이 시신을 바다에 던졌어요. 그게 친구가 생전에 늘 하던 부탁이었거든요. 유언으로 인정하고 보내줬습니다. 그 친구가 유난히 이 노래를 흥얼거렸습니다."

"모르겠습니다. 괜히 눈물부터 납니다. 낮에 싸우고 밤에 노래를 들은 적이 처음이라서 그런가 봅니다."

병사들은 벌겋게 젖은 눈으로 잠자리에 들거나 보초를 섰다. 노래에 관한 이야기를 당장 나누는 이는 없었다. 노래와 함께 떠오른 생각과 감정을 혼자 더 오래 품었다가 꺼내고 싶었던 것이다.

병사들의 이러한 태도가 심각한 문제를 일으킬 것이라고는, 그 밤에 노래를 함께 들은 좌도 깨닫지 못했다. 좌는 눈물을 내비치지 않았다. 슬프기보단 가슴이 쓰리다가 이윽고 송곳으로 찌르는 것처럼 아팠다. 비유에 그치지 않고, 허리를 숙인 채 주먹으로 가슴을 두드려댈 정도였다. 아청을 비 내리는 밤바다에 세워 노래하게 만든 것이 자신의 잘못인 듯 여겨졌다. 안면소 앞바다에서 우의 급습을 막아냈더라면, 아청을 빼앗기지 않았더라면, 오늘 같은 밤은 없었을 것이다. 그 전에도 추격선이 있었으니, 안면소 앞바다에서도 위험에 대비했어야 했다. 잠깐의 방심이 참혹한 결과를 낳았다.

지휘방으로 내려온 좌는 탁자 옆 나무상자를 열었다. 앞뒤로 빳빳한 나무판을 댄 종이 뭉치를 꺼냈다. 나무판을 넘기자 종이들이 등잔불에 더 쭈글쭈글해 보였다. 군데군데 찢긴

종이도 있었다. 고음이 기록한 수만 장의 노래 뭉치 중에서
좌가 침몰선 주변에서 건진 종이는 이것이 전부였다. 겨우
아흔두 장이었다. 그 중에서 마흔아홉 장은 바닷물에 글씨
가 씻겨 나가 읽는 것이 불가능했다. 나머지 마흔석 장을 좌
는 모두 외웠고, 따로 필사해두기도 했다. 아청이 그리울 때
마다 마흔석 장에 적힌 노랫말이나 감상평을 암송했다. 오늘
첫 곡으로 들은 노래에 대한 고음의 평도 다행히 그 속에 있
었다. 필체가 시원시원했다.

강화경으로 들어온 뒤론 왕국의 국토 전부가 전쟁터다. 산도 예전의 산이
아니고 바다도 예전의 바다가 아닌 것이다. 그러나 영원한 평화가 없듯 영
원한 전쟁도 없다. 전쟁이 지독할수록 평화가 간절한 법이다. 평화의 산과
바다를 노래하는 마음에 피가 서려 있음을 잊지 말아야 한다.

아래쪽 여백엔 더 짧은 아청의 평도 가는 붓으로 적혔다.

바로 손에 쥔 것처럼!

"바로 손에 쥔 것처럼!"

좌는 눈을 감고 아청의 단평을 음미했다. 까마득하게 먼 곳에 펼쳐진 막연한 희망이 아니라, 내 눈으로 보고 내 손으로 만질 수 있는 지극히 가까운 곳의 희망을 노래하겠다는 것이다. 아청다웠다.

우에 대한 분노가 함께 치밀었다. 아청이 노래하길 원한다 해도, 비바람 몰아치는 밤에 바다로 나가 군선 뱃머리에 세울 일이 아니다. 무인과 무희에게 몸이 보물이듯 가인도 마찬가지다. 머리끝에서 발끝까지 몸에 조금만 이상이 있어도 원하는 수준으로 노래하기 힘들다. 이런 밤 군선에서 노래하는 가인은 수많은 위험에 감싸인다. 빛도 공기도 소리도 하다못해 발바닥에 수시로 닿는 진동까지도, 가인이 미리 파악하여 조절할 수 없다. 노래를 부르기엔 최악의 조건인 셈이다. 좌는 아청을 대낮에 뱃머리에 세우는 것도 미안했었다. 그 자리가 방상의 으뜸 가인에게 너무 작고 초라했다. 그래도 그땐 그녀가 눈으로 사방을 보며, 노래를 부르는 자신과 노래를 듣는 이들의 상황을 가늠할 수 있었다. 어디를 향해 어느 정도 크기로 부를 건지 계획할 수 있었다. 그러나 밤에 바다에서 섬을 향해 노래할 때는 이 모든 것이 불분명해진다. 어둠 속에서 눈으로 어림짐작하는 것과 실제 거리는 차이가 크다. 이런 상황이라면 열에 아홉, 아청은 무리할 수밖에 없다. 먼저 목이 상할 것이고, 그 다음엔 머리와 입에 불편함을 느낄 것이며, 결국 가슴과 등과 배와 손발까지 편치 않을 것이다. 이 모두를 아는 우가 왜 아청을 군선에 싣고 진도 앞바다까지 나왔단 말인가. 좌는 아청의 노래가 이 밤 한 번으로 끝나길 빌었다. 그러나 그 바람은 이뤄지지 않았다.

다음날 삼별초 병사 열 명이 투항했다. 비가 계속 쏟아져 전투가 없었는데도 병사들은 섬을 떠났다. 육지까지 직접 헤엄친 병사도 있고 척후선에서 바다로 뛰어들어 추토선까지 간 병사도 있었다. 그 밤에 아청이 다시 밤바다에서 노래를 열 곡이나 불렀고 탈영병이 스물다섯 명으로 늘었다. 해전에서 추토선은 두 척 침몰한 반면 삼별초 군선은 네 척이 가라앉았다. 군선을 새로 만들 여유가 없는 삼별초로선 최대한 배를 아껴야 했다. 추토선보다 두 배나 많은 군선이 침몰한 것은 불길한 조짐이었다.

그 밤에도 아청은 어김없이 노래 여덟 곡을 불렀다. 좌는 저녁부터 뱃머리에 앉아 바다를 지켜보았다. 자정이 가까웠는데도 갑판과 바닷가에 병사들이 많았다. 이런저런 핑계를 대고 잠자리에서 나와 밤바다를 흘끔흘끔 훔쳐보았다. 병사들은 피곤을 씻을 잠보다 아청의 노래를 더 기다렸다. 사흘 연속 첫 곡이 같았다. 병사들 중엔 소리를 내지는 않지만 입술을 벌려 노래를 따라 하는 이도 많았다.

이리고 저리고 하여

낮은 지내왔구나

올 이도 갈 이도 없는

밤은 또 어찌 할 것인가?

다음날 탈영병은 쉰 명으로 늘었다. 해전에서 삼별초 군선의 피해도 심각해졌다. 다섯 척이 침몰하고 일곱 척은 전투가 힘들 정도로 부서졌다. 반면 추토선은 한 척 침몰, 두 척 파손에 그쳤다.

군중회의가 열렸다. 삼별초 장수들은 아청의 노래와 탈영병 증가를 연관시켜 논의했다. 탈영 병사 세 명을 끌어내 심문했다. 제각각 다른 이유를 댔지만, 탈영할 마음이 문득 든 순간은 아청의 노래가 들려온 자정 무렵이었다. 탈영병을 참(斬)했지만 엄한 징벌이 탈영을 줄이리라 장담하긴 어려웠다. 두려움을 이길 만큼 아청의 노래는 힘이 셌다.

결론은 간단했다. 오늘밤 아청이 다시 자정부터 노래할

때, 비선을 몰고 가서 척살하기로 한 것이다. 좌는 비선 지휘를 자청했지만 장수들이 반대하고 나섰다. 좌와 우 그리고 아청이 함께 자랐으며, 아청이 좌의 군선을 타고 강화경에서 안면소까지 노래하며 갔다는 것을 모르는 장수는 없었다. 그들은 왕의 호위를 책임지라며 좌를 아예 군선에서 내리도록 했다. 좌는 이의를 제기했지만 받아들여지지 않았다.

옹립된 왕은 궁에 있었고 해전은 벌어지지 않았고 날은 쾌청했다. 호위 장수는 왕의 옆방에서 항상 대기했다. 좌는 그 방에 열십 자로 줄을 맸다. 지휘방에서 가져온 나무상자를 열고, 앞뒤로 덧댄 나무판을 풀었다. 바닷물에 절은 종이들을 한 장 한 장 줄에 걸었다. 빨래처럼 널린 종이들을 유심히 살피며 옆걸음을 옮겼다. 고음의 기록과 아청의 단평을 읊어 나갔다. 고개를 끄덕이기도 하고 숨을 길게 뱉기도 하며 찡그리기도 하고 빙긋 웃기도 했다. 그러다가 방구석에 앉아 종이들을 올려다보았다. 생각할 만한 것들은 모두 생각한 후 지친 표정이었다.

좌가 용장성을 둘러보겠다며 말을 타고 나간 것은 저물 무렵이었다. 호위 병사 둘이 따르겠다고 나섰지만, 좌는 얕은 능선을 따라 지은 성들만 살펴보고 오겠다며 돌려보냈다. 좌는 해가 지고 밤이 깊은 뒤에도 돌아오지 않았다.

자시(子時, 밤 11시)에 비선이 떠났다. 횃불 밝힌 바닷가가 아니라 외해 쪽 솔숲 아래에서 밤도둑처럼 나섰다. 비선은 크게 반원을 그리며 어둠에서 어둠으로 움직였다. 아청을 태운 추토선보다도 오히려 더 섬에서 먼 바다로 나가 기다렸다.

병사 하나가 비선을 이끄는 장수 용(龍)에게 다가갔다. 용은 병사들로부터 떨어져 뱃머리에 웅크린 채 앉아 있었다. 병사는 지휘검을 든 용의 오른 팔뚝에 검지로 '西'라고 썼다. 용이 놀라 고개를 돌렸다. '西'는 서경을 뜻하기도 했고 왼쪽 곧 좌를 가리키기도 했다. 용은 우가 침몰시킨 좌의 군선에서 부장으로 있다가 진급하여 자신의 군선을 지휘하고 있었다. 눈이 마주쳤다. 그 병사는 좌가 분명했다

"언제 어떻게 승선을…? 인원 확인을 했습니다만…."

좌는 답을 주지 않았다. 용은 이 비선도 좌가 설계한 배란 걸 깨달았다. 설계자라면 시선을 피해 오르기에 적당한 통로를 알 것이다.

"불화살인가?"

좌가 짧게 물었다. 노래가 시작되면 아청이 있는 뱃머리

를 향해 집중적으로 불화살을 날리는 작전이냐는 것이다. 화살이 그녀의 급소를 꿰뚫거나, 주변에 떨어지더라도 불꽃이 일어 치명상을 안기려는 것이다. 불화살로 어지러운 틈을 타 군선에 오른 뒤 시신을 확인하면 끝나는 작전이었다. 용 역시 단답으로 받았다.

"네."

"불화살을 쏘기 전에 잠깐만 내게 시간을 줘."

"시간이라시면?"

"올라가려고."

용은 납득하기 힘들다는 표정으로 좌를 보았다. 올라가더라도 불화살로 군선을 교란시킨 뒤 움직여야 안전하다. 그 전에 올라가면 불화살 세례를 받을 수밖에 없다.

"왜 그런 무모한⋯."

"데려올게."

"죽이라는 명을 받았습니다."

"이유가 뭐야?"

용이 헛웃음을 흘렸다.

"아시잖습니까? 노래를 듣고 탈영하는 병사들 때문이죠."

좌는 여전히 진지했다.

"우리 편이 되면?"

"네?"

"예전처럼 아청이 삼별초를 위해 노래한다면? 죽일 이유가 없겠지?"

"군령을 어기는 짓입니다."

"책임은 내가 져. 화살을 쏘지 말라는 게 아냐. 한 곡만 더 듣고 날리라는 거지."

"그러다가 아군의 불화살에 맞을 수도 있습니다."

"내가 알아서 할게."

대화는 거기서 중단되었다. 군선이 어둠을 찢고 나아왔던 것이다. 좌는 용의 팔뚝을 굳게 잡았다가 뗀 뒤 선미로 움직였다. 나무 걸쇠 두 개를 떼어내자, 굴딱지처럼 배에 붙어 있던 극비선(極飛船)이 직각으로 누우며 수면에 닿았다. 병사 한두 명만 태운 채 짧은 거리를 은밀하면서도 재빨리 움직이기 위해 만든 배였다. 극비선으로 옮겨 탄 좌는 포복을 하듯 엎드렸다. 양손에 두 개의 노를 쥐고 배가 나아갈 방향을 조정했다.

노래가 시작되었다.

오늘도 첫 곡은 같았다. 이 곡이 끝나기 전에 좌는 아청이 노래하는 군선에 올라야 했다. 용이 불화살을 피할 방법을 물었을 때 알아서 하겠다고 했지만, 솔직히 특별한 대책이 없었다. 최대한 빨리 아청과 함께 극비선으로 옮겨 타든지, 그것이 어렵다면 바다에 뛰어들어 불화살로부터 최대한 멀리 헤엄쳐 달아날 생각뿐이었다.

우의 군선에 가까워지자 물살이 빠르게 소용돌이쳤다. 노를 바삐 움직였지만 극비선을 군선에 갖다 대기 어려웠다. 물살에 휩쓸려 지나치기 직전, 좌는 극비선을 포기하고 바다로 뛰어들었다. 높은 파도가 귀신고래처럼 그를 삼켰다. 수면으로 올라오는 대신 수중으로 깊이 내려간 좌는 군선의 밑바닥에 원숭이처럼 붙어 네 발로 움직였다.

수면으로 고개를 내밀고 참았던 숨을 뱉는 순간, 불화살 하나가 군선을 넘어 그의 옆에 떨어졌다. 벌써 첫 곡이 끝나고 두 번째 곡도 절반을 넘어가고 있었다. 용은 더 기다리지 않고 계획대로 불화살을 날렸다. 좌는 줄로 연결한 걸쇠를 던져 난간에 걸었다. 절벽을 타듯 배의 옆면을 두 발로 버티며 올라갔다. 불화살이 군선을 향해 쏟아졌다.

갑판에 오르자마자 불화살 두 개가 연이어 발 앞에 떨어졌다. 피어오른 불꽃에 눈썹이 탈 뻔했다. 좌는 뱃머리로 시선을 돌렸다. 왼 무릎을 꿇고 방패를 높이 든 이는 우였고, 우 뒤에 붙어 앉은 이는 아청이었다. 불화살에 맞아 쓰러진 병사들이 열 명도 넘었다. 살 타는 냄새가 지독했다. 우의 방패에도 화살이 두 개나 박혔다. 좌는 우의 시선을 피해 다가갔다. 우의 등에 이마를 대고 꼼짝도 않던 아청이 갑자기 고개를 돌렸다. 불꽃 위로 흩날리는 연기에 좌의 얼굴이 묻혔다. 불화살이 좌의 머리 위 기둥에 박혔다. 머리카락이 탈 정도로 주변이 환해졌다. 아청의 놀란 눈이 튀어나올 듯 커졌다. 좌의 얼굴을 확인한 것이다. 좌가 눈으로 말했다.

기다려. 내가 갈게.

아청이 고개를 흔들었다.

오면 안 돼. 어서 피해.

물러설 좌가 아니었다. 포복을 하듯 서너 걸음 나아갔다. 다시 눈으로 말했다.

걱정 마. 날 믿어.

안 돼.

괜찮아.

제발.

거의 다 왔어.

"가!"

아청이 고함을 질렀다. 아름다운 노래로 병사들을 울리던 가인의 목소리라고는 믿기 힘들 정도로 거칠었다. 그 소리에 놀란 우가 좌를 향해 방패를 돌렸다. 그와 동시에 좌의 팔이 아청의 왼 손목을 쥐었다. 불화살이 밤하늘을 환하게 밝히며 우박처럼 쏟아졌다. 좌와 아청과 우가 한 몸처럼 바다로 빠졌다. 수중에서 떠오르기도 전에 우의 발이 좌의 옆구리를 때렸고, 좌의 주먹이 우의 뺨을 쳤다. 아청이 가운데 있지 않았다면, 더 많은 주먹질과 발길질이 오갔을 것이다. 수면으로 고개를 내민 뒤에도 우는 좌를, 좌는 우를 공격했다.

펑!

굉음과 함께 세 사람의 눈앞이 환해졌다. 불화살을 날리던 삼별초 비선이 불길에 휩싸인 것이다. 우의 군선으로 날아간 불화살보다 열 배쯤 많은 불화살이 삼별초 비선으로 쏟아졌다. 용을 비롯한 삼별초 병사들은 속수무책으로 당했다. 타오르는 비선을 당파하며 군선 세 척이 나아왔다.

좌의 표정이 흙빛으로 변했다. 우를 도우러 온 추토선임이 분명했다. 우가 추토선들의 도움을 받아 아청을 먼저 배에 올리고 좌를 생포하면 상황은 끝이었다. 좌가 아청의 손목을 끌며 수중으로 급히 내려가려 했다. 그 순간 우가 환하게 빛나는 밤하늘을 보며 믿기 힘들다는 표정으로 웅얼거렸다.

"대체 뭐하는 짓이야…?"

추토선들이 우의 군선에까지 불화살을 퍼부은 것이다. 아군에게 공격을 당한 꼴이었다. 우도 불화살을 피해 수중으로 들어갔다. 수면을 뚫고 화살이 날아들었다. 세 사람은 다시는 올라오지 않을 물고기처럼 잠수했다.

그 사이 추토선들은 우의 군선을 포위한 후 당파하여 침몰시켰다. 바다에 빠져 도움을 청하는 병사들을 건지지 않고 모조리 장창으로 찔러 죽였다. 단 한 명의 생존자도 남기지 않겠다는 듯이 확인하고 또 확인했다.

아청도 좌도 우도 그 밤엔 생사를 알 수 없었다. 셋 다 불에 타죽거나 물에 빠져 죽었다고 해도 전혀 이상하지 않았다. 전멸의 바다였다.

한림별곡

아청의 노래는 다섯째 날 자정에도 이어졌다. 진도에서 삼별초가 완패하여 제주로 달아나는 날까지 끊이지 않았다. 우가 그녀의 곁을 지키는 것도 변함이 없었다. 다만 그는 장수의 투구와 갑옷을 벗고 몸종이 입는 거친 삼베옷을 걸쳤다. 그녀가 노래하는 곳도 우의 군선이 아니라 남의 대장선이었다.

아청과 우가 구조된 시각은 새벽 동이 튼 후였다. 전날 수리를 위해 우와 동행하지 않은 다섯 척의 군선이 그들을 발견하고 갑판으로 끌어올렸다. 우는 다친 오른팔에 부목을 대묶은 다음 젖은 옷을 갈아입고 주린 배를 채웠다. 다섯 명의 장수들에게 어젯밤 추토 대선단에서 진도 가까이 접근한 배들이 있는지 알아보도록 했다. 남의 대장선과 제국의 군선 두 척이 육지를 떠나 밤바다로 나갔다 왔다고 했다. 우는 즉시 대장선으로 갔다. 아청을 두고 가려 했으나 그녀가 따라 나섰다.

"왜 제 군선에 불화살을 날린 겁니까?"

남이 되물었다.

"삼별초 비선에서 날린 불화살을 왜 내게 와 따지는 것이냐? 군선은 침몰하고 장졸은 모조리 전사하였으니, 그 잘못을 고하고 중죄를 청하여야 마땅하거늘…."

"비선에서 불화살이 쏟아지긴 했지만 제 군선이 침몰할 정도는 아니었습니다. 뒤이어 나타난 세 척의 추토선이 비선을 불태워 가라앉혔고 이어서 제 군선에 불화살 세례를 퍼부었습니다. 당파하여 침몰시켰고요."

남이 호통을 쳤다.

"삼별초 비선과 왕국의 군선을 차례차례 불태워 침몰시켰다고? 아군과 적군의 군선을 동시에 공격하는 법은 없다. 지난밤 어디에 숨었다가 이제 나타나 감히 제국의 대신에게 거짓말을 하는 게냐?"

우도 지지 않고 몰아붙였다.

"하면 어젯밤 어찌하여 제국의 군선 두 척을 거느리고 바다로 나가셨습니까?"

"추토 대선단의 으뜸 장수가 나란 걸 잊었느냐? 대장선이 어디로 나가는지 일일이 너 따위에게 보고라도 하란 말인가? 똑똑히 들거라! 파도와 바람을 살피기 위해 잠시 움직인 것뿐이다. 대장선이 움직일 때 호위선이 따르는 건 당연하고."

우는 말문이 막혔다. 추궁할 약점이 없었다.

"소녀도 보았습니다."

이 대목에서 아청이 우를 두둔하고 나섰다. 남이 냉수 한 잔을 마시는 동안 제국의 장수들이 일제히 그녀를 노려봤다. 남이 헛기침을 삼킨 뒤 물었다.

"무엇을 보았다는 거냐?"

"세 척의 배가 나타나 제가 탔던 군선을 불태우고 침몰시켰습니다."

"확실한가?"

"확실합니다."

남이 아청에게 바짝 다가섰다. 손을 뻗으면 닿을 만큼 가까웠다.

"그 배들이 추토선이란 증거가 있느냐?"

"네?"

"깃발이 보이더냐?"

"보지 못했습니다."

남이 우에게 화살을 돌렸다.

"삼별초 군선과 추토선은 크기와 모양이 흡사하지 않느냐? 세 척의 배가 추토선이라고 어떻게 확신하느냐?"

"그 배들이 제 군선의 후미에서 접근했습니다. 삼별초가 머무르는 진도와는 반대 방향입니다."

"세 척의 배가 삼별초 비선부터 침몰시켰다고 하지 않았느냐? 비선은 그럼 어디에 있었느냐?"

우의 목소리에 힘이 빠졌다.

"제 군선 후미에 있었습니다."

"후미에 있었지만 그것은 삼별초 비선이라고? 허면 세 척의 배도 삼별초 척후선일 수 있지 않느냐?"

"삼별초 척후선이라면 자신들의 비선을 공격하여 침몰시킬 까닭이 없습니다."

"마찬가지 주장을 펼 수 있지 않겠느냐? 추토선이라면 아군인 왕국의 군선을 침몰시킬 까닭이 없다. 감히 제국의 대신과 장수들 앞에서 모순된 주장을 펴는 것이냐? 우리를 우롱한 잘못이 무겁고 또 무거우니 중벌 또한 마땅히 너희 연놈이 져야 한다. 당장 목을 베어야 마땅하겠지만, 전투 중이니 처벌은 승전 후로 미루겠다. 아청은 오늘밤부터는 대장선에서 노래를 부르도록 하라. 아직 추토가 끝나지 않았으나, 이만하면 우 네놈도 인정하겠지? 아청의 노래가 삼별초 병사들을 흔들어 탈영병이 속출하고 있지 않느냐?"

변명의 여지가 없었다. 아청의 노래가 전투에 영향을 미치지 않을 것이라는 우의 주장은 틀렸다. 남이 명령했다.

"우 네놈은 나와의 내기에서 진 벌까지 더하여 지금부터 몸종으로 삼겠다. 당장 갑옷과 투구를 벗고 무릎을 꿇거라."

다섯째 날 아청의 노래는 유독 슬펐다. 나흘 동안 한결같던 첫 곡은 아예 부르지도 않았다. 전투는 그 후로도 이어졌지만, 전세는 그날 밤에 급격히 기울었다. 아침까지 기다리지도 않고, 노래를 듣다가 눈물을 쏟으며 탈영을 감행한 병사가 백여 명에 달했다. 남은 열 척의 군선으로 대장선을 둘러싸도록 했다. 삼별초 비선의 접근을 사전에 차단한 것이다.

삼별초는 참패했다. 옹립한 왕이 척살되었을 뿐만 아니라, 오랫동안 삼별초를 이끌던 노련한 장수들도 전사했다. 수많은 병사가 죽거나 포로로 잡혔다. 섬을 탈출한 이는 극소수였다. 강화경을 떠날 때는 일천 척이 넘는 대선단이었지만 진도를 벗어날 무렵엔 수십 척에 지나지 않았다.

남은 삼별초가 섬을 떠난 뒤 제국의 장수들이 지휘하는 군선을 좌우에 거느리고 진도에 내렸다. 섬에 남은 왕국의 백성을 모두 적으로 간주하여 도륙과 약탈을 허락했다. 제국의 장졸들은 때리고 부수고 죽이고 찌르고 빼앗고 불태우며 승전의 기쁨을 누렸다. 밤을 꼬박 넘길 때까지 섬 여기저기에 불꽃과 연기가 피어올랐다. 남의 대장선에도 빼앗은 보석과 재물이 그득 쌓였다. 남이 아청을 불러냈다.

"울었느냐?"

젖은 눈이 통통 부어올랐다. 삼별초를 따라 진도에 왔다는 이유 하나만으로 무기도 없는 백성이 무참히 죽어나간 것이다. 왕국의 장수들은 감히 제국의 대신에게 항의도 못 했다. 잘못 입을 놀렸다가는 삼별초와 내통했다는 누명을 쓰고 목숨이 달아날 판이었다. 아청이 남을 노려보며 답했다.

"울었습니다."

"왜 울었느냐?"

"너무 많은 이가 죽었습니다."

아청은 주저하지 않았다. 그녀도 죽고 싶은 심정이었다.

"노래하거라."

남이 명령했다.

"승전가를 부르라 이 말이다."

옆에 선 우가 나서려는 것을 아청이 눈으로 말렸다. 그녀는 뱃머리로 나가 섰다. 포승줄에 묶인 채 줄줄이 끌려온 섬사람들이 보였다. 일만 명 넘는 포로가 강제로 배에 오르기도 했고 바닷가에 고개를 숙인 채 꿇어앉기도 했다. 빼앗은 쌀도 사천 석이었다. 그녀가 나타나자 그들이 수군거리며 뱃머리를 우러렀다. 아청은 그들을 품어주기라도 하듯 양팔을 한껏 벌린 채 노래하기 시작했다. 목소리가 그윽하게 섬을 감쌌다. 노래를 듣는 모든 이가 눈물을 쏟기 시작했다. 죽은 자들의 평안을 비는 진혼가였다.

제주에 도착한 삼별초는 성부터 쌓았다.

오래 전 개경에서 강화경으로 들어갈 때 왕과 대신들은 머리를 맞대고 축성 계획을 짰다. 내성과 중성과 외성을 각각 따로 쌓아 삼중의 방어벽을 쳤다. 내성은 왕궁을 지키고 외성은 바다를 삥 둘렀으며, 중성은 그 사이 숲과 계곡의 능선을 따라 들어섰다. 진도로 남진한 삼별초는 강화경의 예에 따라 용장성을 올렸다.

진도에서 패퇴하여 제주로 들어온 삼별초는 다시 성을 고집했다. 항파두리를 중심으로 외성을 쌓았고 내성 또한 견고한 석성을 이어서 지었다. 목성을 쌓은 동네도 있고 해안을 따라 삼백리 장성을 만들기도 했다. 다행히 섬 전체에 돌들이 가득하여 재료 걱정은 할 필요가 없었다. 하지만 그들은 곧 깨달았다. 제주는 강화경이나 진도와 달리 성으로 방비하기엔 너무 큰 섬이었다. 아무리 막고 막고 또 막으려 들어도 약점이 곳곳에 노출되었다.

추토군은 곧장 제주까지 쫓아오지는 않았다. 육지에서 진도는 바닷목 하나를 사이에 두고 가까이 보였지만, 육지에서 제주는 전혀 다른 차원이었다. 제주까지 삼별초를 따라가기 위해서는 그만큼의 군량미와 무기 그리고 긴 항해를 견딜 튼튼한 군선이 먼저였다.

삼별초는 추토군의 추격이 없는 동안 제주에 새로운 근거지를 마련했다. 성 쌓는 작업엔 병사들은 물론이고 많은 제주 백성들까지 동원되었다. 그 중에는 좌도 있었다. 책임 장수도 아니고 병사도 아닌, 발에 차꼬*를 찬 죄수의 무리에 속했다. 아청을 제거하기 위해 진도 밤바다로 나선 비선에 몰

---

* 두 개의 긴 나무토막 사이에 발목을 넣어 자물쇠를 채운 옛 형구.

래 올라탄 것이 문제였다. 좌가 아니었다면 아청의 노래가 시작되자마자 불화살이 날아갔을 것이다. 우의 군선을 불 지르고 아청을 죽인 뒤 유유히 물러날 기회를 좌가 날려버린 셈이다. 아청을 구하겠다고 우의 군선으로 올라가면서 시간이 지연되었고, 그 바람에 비선에 승선한 장졸들은 급습을 당해 몰살했다. 좌는 모든 잘못을 자신에게 돌렸다. 어떤 식으로든 스스로를 벌하고 싶은 마음뿐이었다.

아청의 왼손을 잡고 불화살을 피해 수중으로 내려갔을 때, 쏟아지는 화살을 피하는 것만큼이나 그녀의 오른손을 잡은 우를 떼어내기가 어려웠다. 좌는 우의 가슴을 돌려차기로 갈기고 뒤이어 우의 팔을 꺾어 아청의 손목을 쥔 손을 풀려 했다. 우의 팔이 뒤틀려 부러질 정도로 꺾였음에도 그녀의 오른손이 풀리지 않았다. 우가 미리 자신의 손과 아청의 손을 줄로 단단히 묶었던 것이다. 팔을 잘라버리지 않는 이상 수중에서 둘을 나누는 것은 불가능했다. 좌는 깨달았다. 우가 정신을 잃거나 수영을 못할 만큼 다치면, 아청의 목숨도 위태로워진다는 것을. 아청과 우를 함께 챙겨 불타는 바다에서 빠져나갈 방법이 좌에겐 없었다. 좌는 택해야 했다. 셋이서 더 깊이 심해로 내려가 죽든가 아니면 자신이 손을 놓아 우와 아청을 보내주든가. 오래 고민할 여유가 없었다.

좌가 손을 놓으려는 순간, 아청이 깍지를 끼며 붙들었다. 고개를 돌려 좌를 보려고 눈까지 떴다.

안 돼.

좌는 오른 손바닥으로 그녀의 뺨을 어루만졌다.

놔. 셋이서 이렇게 엉켜 죽을 순 없어!

아청이 고개를 세차게 저었다.

다신, 안 보낼 거야.

좌는 오른 손으로 그녀의 왼 손목을 쥐었다.

아청! 너는 살아야 해.

좌가 손목을 비틀어 밀었다. 그녀가 손을 놓지 않으려고 발버둥쳤지만 좌의 힘을 감당하지 못했다. 왼손을 빼낸 좌는 그녀로부터 멀어졌다. 아청이 좌를 따라 움직였으나 이번에는 우가 오른 팔을 당기며 막았다. 좌는 빙글 돌아와 우의 어깨에 제 손을 얹었다. 우가 방어 자세를 취한 채 올려다보았다. 어깨를 쥔 좌의 손에 힘이 실렸다. 둘은 어릴 때부터 상대의 어깨에 손을 얹고 긴요한 부탁을 건네곤 했다. 둘이서만 통하는 비밀 동작이었다.

아청을 부탁해!

좌가 우의 등을 힘껏 밀고 돌아서서 반대편으로 나아갔다. 그리고 비스듬히 수면을 향해 떠올랐다. 수면에 얼굴을 내민 좌는 신호를 보내기라도 하듯 두 팔을 흔들어댔다. 불화살이 좌를 향해 날아들었다. 좌는 다시 수중으로 잠수했다가 떠올랐다. 그렇게 좌가 불화살을 몰고 다니는 사이, 우와 아청은 정반대 방향으로 잠수하여 빠져나왔다.

삼별초 군영으로 귀환한 좌는 군중회의에 참석하여 죄를 자복했다. 용을 비롯한 비선 장졸이 전멸한 잘못은 전적으로 자신에게 있으니, 군법에 따라 처형시켜 달라 청했다. 장수들은 좌의 자백만 있을 뿐 증좌가 없는 상황에서 극형에 처하기 어렵다는 결론을 내렸다. 바닷가 솔숲 감옥에 가둔 후 시간을 두고 의논하기로 했다. 그날부터 좌는 곡기를 끊고, 죽은 병사들의 극락왕생을 빌었다.

그나마 좌가 딱 한 번 희미한 웃음을 입가에 머금은 것은 다음날 자정이었다. 밤바다에서 아청의 노래가 시작된 것이다. 아청이 무사히 전멸의 바다를 빠져나왔다는 신호였다. 노래하는 시각은 어제와 같았지만 첫 곡이 바뀌었다. 좌는 그 노래가 아청이 자신에게 보내는 편지라고 여겼다.

합죽도화(合竹桃花) 고운 두 분, 합죽도화 고운 두 분.

합죽, 대나무는 좌이고 도화, 복사꽃은 아청이다.

위 상영(相映) 경(景) 기 어떠하니잇고.

아, 서로 바라보는 모습 그 광경이 어떠합니까.

그렇게 바라보던 날들이 일상이던 시절도 있었다. 아청은 팔방상 연습실에서, 좌와 우는 삼별초 훈련장에서 일과를 마친 후 약속도 없이 모여 서로를 바라보았다. 함께 이야기하고 웃고 먹고 거닐고 노래하고 춤추었다.

아청의 노래는 삼별초 장졸들을 점점 더 심하게 흔들어댔다. 전투는 일진일퇴를 거듭했다. 남은 해전에 서툰 제국의 장수들을 중군이나 후군에 두고 왕국의 군선을 전진 배치했다. 진도라는 섬을 택한 삼별초의 이점을 지우려는 것이다. 삼별초가 패한 날엔 그 노래가 더욱 서글펐고, 삼별초가 이긴 날에도 그 노래 때문에 마냥 즐거워할 수만은 없었다. 탈영병이 늘고 섬을 빠져나가는 백성도 적지 않았다. 처음엔 실금이었지만 작은 구멍이 생겨 감당하기 벅찰 만큼 커졌다. 삼별초는 결사항전을 주장하면서도 퇴로를 고민했다. 진도에서 몰살당하는 것만이 최선은 아니었다.

진도에서의 마지막 날, 옥문(獄門)이 열렸다.

장수 호(虎)가 병사 넷을 데리고 들어왔다. 호는 좌와 우보다 한 살 아래로, 두 사람을 친형처럼 따랐다. 장봉에 능했고, 육중한 덩치에 어울리지 않게 바위들을 훌쩍훌쩍 옮겨다니며 싸우는 모습이 호랑이와 흡사했다. 좌는 계속된 단식으로 일어나 걷기조차 힘들었다. 그래도 진작부터 결심한 이야기를 꺼냈다.

"여긴 내게 맡기고, 어서 가."

솔숲에서 홀로 추토군을 막으며 시간을 끌겠다는 의미였다. 호를 비롯한 삼별초 장졸이 한 명이라도 더 섬을 벗어나길 바랐다. 호의 생각은 좌와 달랐다. 좌처럼 유능한 장수를 시간 지연을 위해 버릴 수는 없었다. 호가 곁에 와서 좌를 부축하듯 어깨를 감더니, 뒷목의 급소를 강하게 쳤다. 정신을 잃은 좌는 호의 군선으로 옮겨졌다.

진도를 탈출한 삼별초의 군선들이 제주에 닿을 때까지 좌는 호의 지휘방에서 지냈다. 계속 곡기를 거부하는 좌를 위해 호가 직접 끼니를 챙겼다. 아직 제주는 보이지 않았다. 파도가 높고 거센 바람에 호는 두 번이나 멈춰 앉아 기다렸다가 겨우 지휘방으로 들어섰다. 단식의 여파로 좌의 얼굴은 참혹했다. 맑은 눈빛이 아니라면 시신이라 해도 곧이 믿을 정도였다. 좌는 밥상은 거들떠보지도 않고 말했다.

"왜 내가 죽을 자릴 빼앗는가?"

"제주에 곧 도착합니다."

"사람으로 죽겠어. 짐승으로 살기는 싫네."

"병력이 반에 반으로 줄었습니다. 도착하자마자 군중회의를 열어 형님의 죄부터 없애겠습니다. 장수로 복귀하십시오. 장수 한 명이 병사 일천 명보다 귀하다는 걸 모르시지는 않지요?"

좌는 결국 그 이야길 꺼냈다.

"내가 용을 죽였어. 아청을 생포하겠다고 내가 나서는 바람에 용과 병사들이 그리도 허무하게 떠난 거야."

호가 받아쳤다.

"아청. 방상의 으뜸 가인을 얻을 수만 있다면, 나라도 형님처럼 했을 겁니다. 형님! 한 가지만 말씀드리겠습니다. 중벌을 받겠다는 형님 심정은 헤아리고도 남음이 있습니다. 하지만 죽는 것만이 최선은 아닙니다. 병력이 절대적으로 부족합니다. 제주에 도착하면 한 명이 아쉽습니다. 게다가 형님처럼 해전에 밝은 이가 굶어죽는 건 너무나도 큰 손해입니다. 형님이 굶어죽는 걸, 용과 병사들이 바랄까요? 스스로 죽음을 택하신다면 그때야말로 용과 병사들이 형님을 용서하지 않을 겁니다. 복수해야지요. 우리를 몰살하러 왔던 제국의 개들을 이대로 둘 겁니까?"

비선에서 전사한 장졸들을 먼저 생각하란 충고였다. 좌는 오래 생각에 잠겼다가 호에게 말했다.

"세상엔 돌이킬 수 없는 일도 있지. 용과 병사들을 죽음의 구렁텅이로 몰아넣은 내 죄가 바로 그런 거야. 설령 전투에 나가 내가 혁혁한 전공을 세운다 해도 그 사실은 달라지지 않아."

"저는 이미 형님을 용서했습니다. 용도 저와 같을 겁니다."

좌가 목청을 높였다.

"아니! 그리 섣부르게 날 용서해서는 안 되지. 난 평생 죄인으로 살겠어."

좌는 그날부터 단식을 풀었다. 곡기를 잇기 시작했지만, 장수나 병사로 복귀하는 것만은 받아들이지 않았다. 죄수로 군영에서 가장 힘든 일을 하겠다고, 호를 비롯한 장수들에게 맹세하듯 밝혔다.

좌는 경사가 가파르고 뱀이 많은 비탈길에 성을 쌓는 일을 도맡았다. 최소한의 곡기만으로 연명하며 오로지 성에만 매달렸다. 성을 쌓다가 지쳐 나가떨어진 몸을 돌과 돌 사이에

뉘었다. 돌베개를 베고 잠들었다가 다시 깨어 돌을 옮겼다. 팔과 다리는 물론이고 온몸의 살갗이 찍히고 찢겼지만 멈추지 않았다. 호는 좌를 위해 군영에 움집 하나를 마련했다. 그러나 좌는 군영 감옥을 고집했고, 감옥보다도 밤을 새워 성을 쌓는 것을 더 원했다.

1271년 5월, 진도에서 대승을 거둔 남은 추토 대선단을 이끌고 개경으로 돌아갔다. 그리고 왕을 만나 동쪽의 끝으로 건너갈 군선들을 본격적으로 만들라고 요구했다. 진도가 텅 빌 만큼, 섬에 살던 왕국의 백성들이 삼별초의 잔당으로 간주되어 끌려왔다. 몸과 몸이 굴비처럼 엮여 제국으로 향했다. 다치거나 병들어 걷지 못하게 된 자들은 길에서 도륙되었다. 해를 넘겨서도 포로의 행렬은 계속되었다.

1272년 2월, 왕은 제국의 요구에 호응하기 위해 전함병량도감(戰艦兵糧都監)을 설치하였다. 동쪽의 끝으로 건너갈 군선을 만들고 군량미를 모으는 관청이었다. 그해 11월, 남은 군선을 만드는 남해안의 작은 포구 합포로 내려갔다. 몸종인 우는 물론이고, 아청도 남의 대장선을 타고 동행했다. 왕은 배를 만드는 재주가 탁월한 목수들을 죄다 이곳으로 모았다.

합포에 닿은 11월의 첫날, 우는 아청이 머무르는 객사로 찾아왔다. 포구가 훤히 내려다보이는 바닷가 언덕이었다. 그녀는 객사 뒷문에서 백 보쯤 아래 우물가에 앉아 있었다. 아낙들이 서너 명 모여 손빨래를 하며 수다를 떨다가 우를 보고는 입을 닫았다. 서둘러 떠나는 그녀들 뒷모습을 보며 아청이 말했다.

"먹고 입고 자는 건 마찬가지야, 어디든."

우가 옆에 앉았다.

"춥진 않고?"

"죽을 만큼 춥기라도 했으면 좋겠어."

합포는 겨울에도 눈이 거의 내리지 않는 포구였다.

"방이 작진 않아?"

"지나치게 넓어. 악기란 악기는 왜 또 죄다 갖다놨지?"

우는 그 악기들로부터 이야기를 풀기로 했다. 우는 남의 몸종이니 주인의 허락 없이 사사로이 객사로 갈 수 없었다. 남의 명령을 그녀에게 전할 때가 된 것이다. 아청도 그 정도는 짐작했다.

"다시 노래해줘."

노래를 하라고 남이 명령했어, 라며 몰아세우지는 않았다.

아청은 스스로 원할 때만 노래하는 가인이었다.

"싫어."

아청은 진도에서 삼별초가 패퇴한 뒤 노래를 멈췄다. 섬에서 쏟아낸 진혼가가 마지막이었다. 제국을 위한 승전가를 부를 마음이 전혀 없었다. 남이 개경으로 돌아왔을 때, 왕은 대대적인 축하연을 마련했다. 진도에서 남이 아청의 노래를 내내 아꼈다는 소식을 접한 왕은 축하연 무대에 서라고 그녀에게 명령했다. 그러나 아청은 왕명을 따르지 않았다. 왕명을 어기면 곧 죽음이란 것을 모르지 않았다. 왕은 당장 그녀를 잡아들이라고 명령했다. 그런데 그것만은 왕의 뜻대로 되지 않았다. 바다에서 아청은 남의 대장선에 머물렀고, 육지에서 아청은 남의 군영과 객사를 떠나지 않았다. 제아무리 왕명이라도 남의 허락을 받지 않고는 그녀를 잡아들일 수 없었다. 남은 그녀를 불러 직접 묻지 않고 우를 통했다. 우는 그녀의 방으로 찾아가서는 아무것도 묻지 않고 반나절을 머물다가 왔다. 묻지 않아도 그녀의 심정을 짐작했다. 돌아와서는 남에게 짧게 알렸다.

"목이 아프답니다. 바닷바람을 너무 많이 맞아 그런 듯합니다."

남이 코끝으로 웃었다. 거짓말을 한 우를 꾸짖진 않았다.

"어의(御醫)를 붙여 줘라. 완치되면 가장 먼저 내 앞에서 노래해야 한다는 사실만 명심시켜."

"알겠습니다. 감사합니다."

"네가 감사할 일이 아니지…."

남이 말꼬리를 잡으며 우의 얼굴을 노려보다가 물었다.

"아청과 너 그리고 삼별초의 돌격장, 그렇게 셋이 벗이라고?"

"아버지들끼리 벗입니다. 서경 출신이죠."

고향이 서경이란 것까지 밝힐 이유는 없었다.

"단순히 그저 벗인가?"

우는 즉답을 못 했다. 남이 어디까지 아는지 가늠하기 어려웠다. 함부로 답했다가는 단숨에 궁지로 몰릴 것이다. 이럴 땐 침묵하는 편이 낫다.

"아청이 그러더군, 넌 아주 친한 벗이라고. 한데 넌 그 여자를 흠모하지? 눈빛은 거짓말을 못 하거든."

"거짓말한 적 없습니다. 아주 친한 벗, 거기가 바닥입니다."

"바닥이라…. 아청은 거기가 천장이라는 식으로 말했어. 어쨌든 잘 듣거라. 몸종이 되기 전에 네가 무슨 생각을 하고 어떤 말과 행동을 했든 상관없어. 하지만 지금부턴 아청을 벗으로도 대하지 마라. 천하디 천한 몸종이 방상의 으뜸 가인과 벗이라는 게 말이나 돼? 게다가 그녀는 동쪽의 끝을 정벌한 뒤 나와 함께 제국으로 돌아갈 귀한 몸이야."

제국으로 함께 돌아갈 몸! 남도 아청을 원하는 것이다. 제국의 사신이 품지 못할 여자는 왕국에 없었다. 우가 남의 부름을 받고 아청과 함께 서경으로 갈 때, 남이 그녀에게 수청을 들라고 하지나 않을까 걱정스러웠다. 예상대로 부벽루에서 남은 그녀에게 매혹되었다. 하지만 당장 힘과 권세로 제압하지 않았다. 그렇게 제압하면 마음을 얻기 힘들다고 느낀 것일까. 남은 아청을 가까이에 두되 성급하게 굴진 않았다. 가장 귀한 옷과 음식과 잠자리를 챙겨주고는 기다렸다. 그러나 아청은 남의 배려에 고맙다는 인사를 한 적이 없었다.

"아청이 그래도 네가 가장 편하다 하니, 그녀를 챙기는 건 계속 맡아서 해. 하지만 어디까지나 나를 대신해 몸종으로 일하는 거란 사실을 잊지 말거라. 또다시 벗 운운하면 그땐 네놈 발목을 자르고 손목을 자르고 귀와 코를 벨 테다."

18개월 동안 아청은 노래하지 않았다. 남 역시 그녀를 잊기라도 한 듯 찾지 않았다. 그 대신 남은 매일 우를 거느리고 다녔다. 처음엔 허드렛일을 시키다, 차츰 왕국의 역사와 지리 그리고 특히 뛰어난 장수들의 삶에 대해 따져 물었다. 예상 못한 질문이 쏟아졌으므로 우도 따로 준비를 했다. 역사와 병법이라면 좌가 삼별초에서 으뜸이었다. 좌가 추천한 서책을 정독하지 않은 것이 후회스러웠다. 우에게도 특출난 재주가 있었다. 병사들 마음을 다잡아 돌진하는 능력과 전투에 필요한 무기들을 만드는 솜씨는 으뜸이었다. 검이나 창 혹은 봉과 활 같은 개인 무기도 있지만, 군선처럼 병사들이 함께 이용하는 무기도 마찬가지였다. 남은 동쪽의 끝으로 건너가기 위해 더 크고 강한 군선을 원했다. 우는 설계도를 수백 장 그리고 수백 장 고치고 수백 장 찢었다. 남은 단 한 번도 칭찬하지 않았다. 대부분은 다시 작업하라 명령했고, 백 장 중 겨우 한두 장쯤 지휘방 탁자에 올려두고 나가라 했다.

남이 설계도를 찢지 않은 날에는 우 홀로 술을 몰래 마셨다. 마셔도 마셔도 취하지 않았다. 밤을 틈타 아청이 머무는 방 앞까지 가기도 했지만 들어가지는 않았다. 제국의 대신 앞에 무릎 꿇은 날보다 이 밤이 더 서러웠다. 강화경에서 개경으로 향했던 것은 전공을 세워 그 영광을 아청에게 돌리기 위해서였다. 몸종으로 전락한 채 위로를 받긴 죽기보다 싫었다.

"꼭 시간을 내줘. 보여줄 게 있어."

아청은 우의 부탁을 받아들였다. 두 눈에서 간절함을 읽은 것이다. 우는 아청의 방으로 가서 준비한 두루마리를 폈다. 그림은 방을 가득 채우고 문지방을 넘었다. 우는 그녀가 그림들을 모두 볼 때까지 기다렸다. 합포 바다를 배경으로 동쪽의 끝을 정벌할 대선단을 상상해서 그린 것이다. 일찍이 남은 동쪽의 끝으로 출정하는 대선단의 위용을 그려 올리라고 명했다. 우는 화인 일곱 명을 데리고 석 달을 꼬박 매달렸다. 그리고 남에게 보고하기 전 아청 앞에 먼저 펼친 것이다. 아청은 남이 타게 될 중앙의 대장선부터 새의 날개처럼 양쪽으로 늘어선 군선들을 꼼꼼하게 살폈다. 강화경에서 봤던 삼별초 군선과는 많은 부분이 달랐다. 대장선은 삼별초의 군선 서너 개를 합친 것보다 컸고, 다른 군선들도 바닥이 더 평평하고 넓었다. 사이사이 들어선 날렵한 소선들은 날치처럼 폭이 좁고 길었다.

이윽고 아청이 고개를 들고 우와 눈을 맞췄다. 노래를 부르지 않겠다고 거절하는 자신에게 그림을 보여준 이유를 묻는 것이다. 우가 답했다.

"대선단을 우리가 만들어야 해. 남은 일년 안에 이 그림대로 포구를 군선들로 덮으라고 할 거야. 차근차근 한다면 십년은 걸릴 일이야. 밤도 없이 겨울도 없이 목수들은 배를 만들고 병사들은 나무를 잘라 옮기는 중이야. 춥고 굶주리고 외로움에 젖어 일하면 더 많이 다치고 죽겠지. 너뿐이야! 합포에서 군선을 만드는 사람들을 살려줘. 네 노래로!"

아청이 물었다.

"강화경과 진도에서 봤던 군선들과는 많이 다르네."

우의 어깨에 힘이 들어갔다.

"내가 전부 상상해서 새로 그렸어."

"전부 새로?"

"이것들은 강화경이나 진도를 건너가던 추토선이 아냐. 광풍을 뚫고 동쪽의 끝까지 닿아야 하는 정벌선이지. 바람과 파도에 잘 견디도록 모양도 크기도 무게도 다 뜯어고쳤지."

아청이 한 걸음 더 나아갔다.

"이 그림처럼 대선단이 완성되면?"

"건너가야지, 동쪽의 끝으로."

"누가 승선해?"

"그건 당연히 제국의 장졸들 그리고…."

그녀의 목소리가 빨라졌다.

"그리고? 해전에 능한 왕국의 장졸들이 타겠지? 대선단의 규모가 이토록 거대하다면 많은 장졸들이 차출될 거야."

우가 단언했다.

"당연하지. 이제 우린 제국의 일부야. 황제의 명령을 우리가 수행하는 걸 영광으로 알아야 해."

"그건 제국의 편에 선 자들의 주장이지. 대선단에 속해 동쪽의 끝에 갔다가 목숨을 잃을 때, 왕국의 장졸들도 그딴 생각을 할까? 죽는다는 건 죽는다는 거야. 제국을 위해 죽는 건 없어. 죽는다는 건, 그냥 죽는다는 거야. 영광스럽게 죽는 건 없어. 그 허망한 죽음을 앞당기는 일을 네가 이 새로운 군선들을 상상해서 그리며 한 거야. 그리고 지금 내게 너와 똑같은 일을 하라 요구하는 것이고. 제국의 대신이 우리 목수와 병사들의 몸과 마음을 살펴 위로하고 격려하기 위해 나에게 노래하라고 명하였겠어? 아니지. 그들을 독려하여 하루라도 빨리 군선을 만들라는 뜻이야."

아청은 남이 내린 명령을 단숨에 반박했다. 합포에서 노래를 부를 수 없는 이유로 이보다 합당한 것은 없었다. 우는 더 설득할 부분을 찾지 못했다. 오늘은 이 정도로 하고 내일 다시 오리라 생각했다. 일어서는 우를 그녀가 앉혔다.

"그래도 부를게."

"응?"

우는 제 귀를 의심했다. 군선의 설계도를 그리는 것과 배를 만드는 이들 앞에서 노래하는 것이 결국 우리 장졸들을 동쪽의 끝에서 허망하게 죽이는 짓이라고 나무라지 않았던가. 그래도, 그럼에도 불구하고 노래하겠다는 것이다. 우는 따져 묻지 않고 그녀가 설명을 이을 때까지 기다렸다. 아청이 물었다.

"내가 노래하는 동안에는 남이 합포에 머무를까?"

남의 계획을 우가 넘겨짚을 수는 없었다. 그러나 아청이 노래한다면, 남은 한동안 그녀의 노래를 듣기 위해 합포의 바닷바람도 마다하지 않을 것이다. 그녀의 노래와 함께 군선을 만드는 속도가 빨라진다면, 더욱 더 합포에 머물며 목수들과 병사들을 몰아붙일 것이다.

"아마도!"

"만드는 데 가장 힘든 군선이 뭐지?"

우가 그림 중앙의 대장선을 짚었다.

"넉 달 전부터 시작했는데 적어도 내년 1월까지는 가야 할 거야. 배가 서너 배 커지면 만들기가 서너 배 힘든 게 아니라 수십 배 어려워져. 쉰 명의 목수와 백 명의 병사들이 붙어 반 년을 꼬박 일해도 될까 말까야."

아청이 말했다.

"대장선이 완성될 때까지 매일 노래하겠다고 전해. 들으러 오신다면 영광이겠다고."

영광? 어울리지 않는 단어였다. 그래도 그녀가 노래하기로 결심했으니 다행이었다.

아청이 합포로 내려간 뒤에도 좌는 제주에서 성을 쌓았다. 육지 쪽 바다를 보며 가끔 그녀를 떠올렸지만, 어디서 무엇을 하는지 알 길이 없었다.

고승 법민이 제주로 왔다. 삼별초가 떠난 뒤 진도에서 벌어진 참극을 전했다. 나주에서 불제자를 모아 섬으로 건너가서 시신들을 모아 묻고 오느라 늦었다고 했다. 비보를 접한 장졸들은 사흘 밤 사흘 낮을 통곡했다. 사흘째 밤, 법민이 군영 감옥으로 좌를 찾아왔다. 좌가 젖은 눈으로 원망했다.

"그토록 세세하게, 눈앞에 보이듯 알려주셔야만 합니까? 망극한 슬픔이 섬을 덮었습니다."

"삼별초의 적이 제국이라 생각하는가? 삼별초의 적은 삼별초일세. 두려움에 가득 찬 삼별초. 패배하면 어찌 되는가를 외면하고 숨길 게 아니라 대낮에 해를 바라보듯 펼쳐놓아야 한다네. 이 꼴이 되더라도 싸우고 싶다면, 싸워 이기고 싶다면, 그땐 적을 새로 둬야 하겠지. 자넨 삼별초가 두려움에 휩싸여 주저앉으리라고 보는가?"

"아닙니다, 결코."

"숨기면 두려워지네. 이기면 이긴 대로 지면 진 대로 함께 기뻐하고 같이 슬퍼하다보면, 제국과 당당하게 맞설 날이 올거야. 상처가 힘이 된다네. 명심하게."

전열을 정비한 삼별초는 제주를 떠나 육지로 향했다. 강화경에서 육지로 가거나 진도에서 육지로 가는 것과 제주에서 육지로 가는 것은 모든 면이 달랐다. 전자는 육지에 닿더라도 떠나온 섬이 보이지만 후자는 파도만 일렁일 뿐 섬은 사라진 지 오래였다. 과연 돌아갈 수 있을까 하는 두려움이 훨씬 컸다. 좌가 성 쌓는 죄수로 스스로를 낮췄기 때문에 호가 선봉장을 대신했다. 호는 육지로 떠날 때마다 좌를 찾았다.

"도와주십시오. 부장이나 병사도 맡기 싫다면 그냥 군선에 타기만 해주세요. 아직 제가 선봉장을 감당하긴 벅찹니다."

그때마다 좌는 더 험준한 비탈로 숨어들었고, 호는 결국 군선들을 이끌고 제주를 떠났다. 좌는 바다가 훤히 내려다보이는 오름에서 병사들의 무사귀환을 법민과 함께 빌었다.

"아프지 마라. 다치지 마라. 죽지 마라. 떠날 때 그대로 돌아오기를!"

좌는 처음에 바닷가를 중심에 놓고 성을 쌓았다. 몇몇 오름이 포함되었지만 한라산까지 손이 가진 않았다. 폭설이 내린 1272년 겨울, 호를 보낸 좌는 처음으로 한라산 자락을 살펴보았다. 눈이 심하게 내리는 날엔 작업을 쉬었던 것이다. 죄수를 자처하며 낮엔 성을 쌓고 밤엔 군영 감옥에서 지냈지만, 삼별초 병사 중 누구도 좌를 죄인 취급하지 않았다. 나고드는 자유를 막지도 않았다. 눈 덮인 한라산의 길들을 걸으며 좌는 최악을 떠올렸다. 강화경에서는 진도가 있었고 진도에서는 제주가 있었다. 제주마저 추토군에게 포위된다면 어찌할 것인가. 성을 쌓고는 있지만 섬 전체를 방어하기엔 역부족이었다. 강화경이나 진도에는 없는 것. 그것이 바로 이 거대한 산, 한라산이었다. 다른 섬의 산들과는 비교하기 힘든 화산이 섬 중앙에 우뚝했다. 차라리 한라산으로 들어가서 결사항전한다면? 좌의 걸음이 바빠졌다.

호가 돌아온 것은 한 달 뒤였다. 그날도 눈이 내렸고, 좌는 한라산 중턱까지 올라갔다 왔다. 백록담까지 오르지는 못했지만 산 중턱까지 동서남북으로 이어진 길은 열 개도 넘게 익혔다. 정상에 오르는 것이 목표였다면, 화창한 날에 벌써 오르고도 남았을 것이다 그러나 좌는 백록담엔 관심이 없었다. 정상, 그러니까 한 지점에 모이면 포위당해 잡히기 쉽다. 그보다는 중턱까지 만들어진 다양한 숲길을 한 번이라도 더 가는 편이 나았다. 미끄럽고 앞이 잘 보이지 않는 눈길에서도 길을 찾아 오르고 내릴 정도라면, 삼별초 병사들을 이끌고 들어와도 어렵지 않게 다닐 듯했다. 가지에 한 가득 눈을 인 소나무가 출렁거렸다. 좌가 경계한 채 바위 뒤에 몸을 낮췄다. 사슴일까 까마귀일까. 그도 아니면?

아이 하나가 코를 찔찔 흘리며 나왔다. 좌가 무릎을 펴고 천천히 일어섰다. 놀라 멈춰섰던 아이는 좌를 보자 새우눈으로 웃었다. 좌를 아는 듯했다.

"왜 여기 있는 게냐?"

"할머니 따라 왔어요."

"할머니?"

"기도드리신다고요. 당집에서도 맨날 기도를 드리지만, 가끔 산에도 와요."

"이름이 뭐야?"

"장태예요."

"날 본 적 있어?"

아이가 고개를 끄덕였다.

"어디서?"

"성거지 맞죠?"

"성거지, 그게 뭐냐?"

"친구들이 그랬어요. 성 쌓는 거지, 성에 딱 달라붙어 먹고 자는 거지….."

좌는 장태를 빤히 내려다보다가 웃음을 터뜨렸다. 장태도 따라 웃었다. 웃음소리를 들었을까. 솔숲에서 기도드리던 장태의 할머니가 손자를 챙기러 나왔다. 좌가 뚝 웃음을 그치고는 말했다.

"가서 친구들에게 전해. 난 성거지가 아니라 성죄수야. 알았지?"

장태가 고개를 끄덕였다.

할머니와 장태를 보내고, 좌는 솔숲으로 들어섰다. 비탈을 타고 오르며 피식 웃었다. 성거지, 성죄수! 성을 쌓는 데 목숨 건 사람처럼 굴긴 했다. 장태를 만나지 않았다면 벌써 걸음을 돌려 성을 쌓으러 갔을 것이다. 오늘은 좀 더 올라가보고 싶었다. 정상까지는 아니더라도 성에서 멀리 떨어진, 성이 보이지 않는, 성을 쌓은 적이 없는 곳까지 걷고 싶었다. 헉헉대며 비탈을 오르고 또 올랐다. 해안에선 완만하게 솟아난 듯 보였지만, 산길로 접어드니 숨이 턱턱 막힐 정도로 가파른 오르막이 곳곳이었다. 고개를 넷이나 넘은 후 잠시 쉬었다. 안개가 몰려와 발목과 무릎과 허리를 감싸더니 어깨까지 차올랐다. 그때 등 뒤에서 나무들이 다시 흔들렸다. 좌는 급히 돌아섰다. 가지에서 떨어지는 눈꽃 사이로 하얀 짐승이 휙 지나갔다. 사슴이라고 느꼈지만, 좌가 봤던 사슴보다 두 배 이상 컸다. 게다가 온몸이 눈처럼 새하얬다. 좌는 눈을 질끈 감았다가 그 짐승이 지나간 쪽을 쳐다보았다. 짐승은 이미 안개 속으로 사라지고 없었다. 헛것이었나. 좌는 머리를 흔들고는 다섯 번째 고개로 달려들었다.

저물 무렵, 호는 군영 감옥으로 들어가려는 좌를 자신의 군선 지휘방까지 억지로 끌고 갔다. 탁주 두 병과 잔 두 개가 나란히 탁자에 놓였다. 좌는 강화경을 떠난 후 술을 입에 대지 않았다. 호도 그 사실을 알았다. 좌가 눈을 부릅떴다.

"치워라!"

호가 귀머거리인 것처럼 좌의 잔에 먼저 술을 따르고 자신의 잔에도 따랐다. 호가 잔을 들었지만 좌는 따라 들지 않았다. 술상을 엎을 기세였다. 호가 입을 열었다.

"안남도호부와 합포와 거제현과 영흥도(현재 인천광역시 옹진군 영흥면)를 다녀왔습니다. 안남도호부에선 부사 부부를 포로로 잡았고, 합포에선 전함 스무 척을 불살랐고, 거제현에선 군선 세 척을 침몰시키고 현령을 포로로 끌고 왔습니다. 영흥도까지 올라갔습니다. 개경에 웅크린 제국의 개들을 겁주려고요."

"아군의 피해는?"

"전혀 없습니다. 진도에선 우리가 졌지만, 개경과 서경 등 몇몇 고을만 제외하면 삼별초를 당할 병사가 어디 있겠습니까. 전부 오합지졸이지요."

"그래도 영흥도까지 올라가지는 마. 퇴로가 막히면 오도가도 못해."

"알겠습니다."

호가 잔을 비우고 말했다.

"합포에선 제법 전투다운 전투를 했습니다. 제국은 정말 바다 건너 왜국을 칠 모양입니다. 전국에서 차출된 목수들이 군선을 만드느라 바쁘더군요. 섬마다 봉화를 올려 방비도 갖췄고요. 봉화만 아니었다면 포구 전체를 불바다로 만들 수 있었습니다. 아쉬워요. 그런데 말입니다."

호는 자기 잔에 다시 술을 따랐다. 좌는 여전히 잔을 들지 않고 기다렸다.

"철수하다가 봉화가 활활 타오르는 섬에 들러 봉졸(烽卒) 네 명을 잡아왔습니다. 헌데 그놈들이 모두 제국의 병사입니다. 군선을 만들 아름드리나무를 베고 옮기는 고된 일은 왕국의 병사들이 도맡고, 제국의 병사들은 풍광이나 살피며 봉화나 올렸나 봅니다. 네 놈을 족쳤더니 이상한 이야길 합니다. 합포에서는 제국의 대신 남이 대소사를 총괄한답니다. 네 놈 중 두 놈은 진도 해전에도 참전했는데, 거기서 듣던 노래를 합포에서도 똑같이 들었다고 합니다."

좌가 말꼬리를 잡아챘다.

"똑같은 노래라면?"

"노래도 같고 가인도 같습니다. 아청! 방상의 으뜸 가인이 지금 합포에 있습니다. 구하러 갑시다, 형님!"

호가 두 잔을 더 마시고 지휘방을 나갔다. 홀로 남은 좌는 잔을 들고 단숨에 들이켰다. 그리고 또 한 잔을 부어 마시다가 아예 호리병을 통째로 들고 입 안으로 쏟아부었다.

배에서 내려 걷던 그가 합포 쪽을 향해 바다를 보며 앉았다. 냉기가 엉덩이에서부터 머리끝까지 올라왔지만 꿈쩍도 하지 않았다. 고개를 들어 밤하늘을 우러렀다. 수평선에 가장 가까운 곳에서 반짝이는 별을 보며 오랜만에 그 이름을 혀끝으로 내밀었다.

"아청!"

합포에 있을 줄은 몰랐다. 방상의 악공이나 가인과 합류하여 개경에 머물 가능성이 높다 여겼고, 고음의 고향인 서경에 잠시 머물 수도 있으리라 추측했다. 합포는 뜻밖이었다. 아청이 군선을 만드는 목수와 나무를 잘라 나르는 병사들 그리고 제국의 장졸들을 향해, 합포에서 매일 노래한다는 사실이 불길했다. 아청은 노래를 안 했으면 안 했지, 일단 부르기 시작하면 최선을 다했다. 좌는 그녀의 노래를 듣고 감동하지 않은 사람을 본 적이 없다. 합포에 집결한 제국의 병사와 왕국의 병사 대부분은 동쪽의 끝으로 갈 군선에 오를 것이다. 그들은 군선이 완성되기를 기다리며, 나무를 잘라 옮기며, 봉화를 올리며 아청의 노래로부터 위로받을 것이다. 나아가 동쪽의 끝까지 갈 때와 가서 싸울 때 그리고 돌아올 때도 아청이 곁에서 노래해주길 바랄 것이다. 아청이 합포에 있다는 것은 곧 그녀가 동쪽의 끝으로, 전쟁터로 간다는 뜻이다. 우가 곁에 있었다면 좌는 주먹부터 날렸을 것이다. 그녀가 합포로 가는 것을 왜 막지 못했단 말인가. 우가 남과의 내기에 져서 몸종으로 전락한 사실을 좌가 알 리 없었다. 좌는 그리운 이름을 다시 불렀다.

"아청!"

좌는 섬을 떠나지 않으려고 했다. 성을 쌓고 한라산에 최후의 은신처를 마련하는 것. 그 둘만 해도 10년이 훌쩍 지나갈 것 같았다. 불쑥불쑥 아청이 생각나긴 했다. 파도소리와 함께 들려오는 노래 탓에 새벽까지 잠을 설쳤다. 환청을 지우는 약도 있었으나 그는 잠을 못 자더라도 환청 속에 머물고 싶었다. 그러나 그녀를 만나기 위해 섬을 떠날 수는 없었다. 자신은 부하 장졸을 죽음으로 내몬 죄인이었다. 제국이나 왕국의 죄인이 아니라 삼별초의 죄인이기에, 그는 끝까지 섬에 머물며 성을 쌓으려 했다. 육지로 나간다고 하여 그녀를 단숨에 구할 방법도 없었다. 개경이나 서경으로 가서 아청이 머무는 곳을 수소문해 다가갈수록 그녀가 위험에 빠질

가능성이 컸다. 운이 좋아 구하여 달아난다고 해도, 둘이 숨어 머물 곳은 없었다. 제국의 병사들은 물론이고 우가 끝까지 추격할 것이므로.

"아청!"

아청이 합포에 있는 것이 분명하다면 이야기가 달라진다. 합포에서 새로 만들어지는 군선은 왜국뿐만 아니라 제주의 삼별초에게도 위협이다. 삼별초는 다시 합포를 급습할 것이다. 그 전쟁터에 아청이 있었다.

다음날 아침 좌는 호를 찾아갔다. 다음번에는 합포로 함께 가겠다는 뜻을 밝혔다. 호는 장수들이 쓰는 갑옷과 투구 그리고 장검을 건넸다. 좌는 장검만 받았다.

군영으로부터 오백 보 정도 떨어진 곳에 당집이 있었다. 삼별초가 나타나자 겁을 먹은 무당은 당집을 버리고 사라졌다. 법민은 그 집에 팔뚝만한 구리 부처를 놓고 법당으로 썼다. 좌는 무당이 사용하던 각종 그림과 신상(神像)을 치우려 했지만 법민이 막았다. 병사들은 물론 당집을 내왕하던 마을 사람들이 편하게 오가길 원해서였다. 마주 보고 정좌한 뒤 좌가 말했다.

"아청이 합포에 있답니다."

"질긴 인연이로세."

"남이 으뜸 장수랍니다. 군선을 만들어 동쪽의 끝을 정벌하는 걸 총괄하죠."

"적임자지, 황제의 입장에서 보자면."

"남을 없애야겠습니다. 아청을 구하고 동쪽의 끝에서 병사들이 헛되이 죽는 것을 막으려면 이 방법뿐입니다."

"그 아비를 죽였는데 이제 아들까지 없애겠다?"

"남이 죽으면 군선 만드는 일, 추토군을 새로 짜는 일, 동쪽의 끝을 정벌하는 일 등 모든 게 멈춥니다. 재정비하기까지 최소한 일년은 걸릴 겁니다. 삼별초가 힘을 키우고 회복하기에 충분한 시간입니다."

"한 사람의 목숨값이 일년인 셈이군! 한데 어떻게 제국의 대신을 암살한단 말인가? 삼중 사중으로 경호할 텐데."

"도와주십시오."

좌의 목소리는 작지만 단단했다. 법민이 즉답 대신 좌의 눈길을 받아쳤다. 이미 계획을 세우고 법민을 찾아온 것이다. 일찍이 서경에 숨어들어 제국의 대신인 북을 죽인 장본인이었다. 좌가 작정하면 뚫지 못할 경호망은 없었다. 법민이 두 손을 모으고 고개를 숙였다. 그 역시 결심이 선 것이다.

1273년 새해가 밝았다. 첫날에도 목수와 병사들은 쉬지
않고 군선을 만들었다. 변함없이 자기 일에 몰두한 것은 아
청도 마찬가지였다. 남은 대장선 옆에 망루를 세우도록 했
다. 그녀는 아름드리 기둥을 감싸듯 둥글게 깎은 나무 계단
을 빙빙 걸어 오른 후 꼭대기 평상에 서서 노래를 불렀다. 목
수와 병사들에게 골고루 들리도록 중간중간 고개를 돌리거
나 허리를 틀었다. 망루 아래엔 호위병 숫자가 백 명이 넘었
다. 우도 망루에만은 접근을 금했다. 작년 11월, 삼별초의 급
습에 군선 스무 척을 잃은 직후부터 내려진 조처였다. 호가
이끄는 삼별초는 봉화를 피우지 못하도록 봉화대가 있는 섬
부터 은밀히 점령하며 접근했다. 그리고 목수와 병사들이 피
로를 가장 많이 느끼는 해질 무렵, 비선에 나눠 타고 바닷가
로 몰려들었다. 다행히 대장선은 그을리는 정도에 그쳤지만,
좌우에서 만들던 군선 열 척이 불화살을 맞고 전소되었다.
아청이 노래하던 망루에까지 화살들이 날아와 박혔다. 삼별
초의 급습에 전혀 대비하지 못한 탓에 목수들은 물론 병사들
까지 우왕좌왕 헤맸다. 그 와중에 망루 아래에서 아청을 지
키던 병사 일곱 명도 흩어져버렸다. 눈 밝은 삼별초가 그녀
를 노리고 망루에 올랐다면 어떤 제지도 받지 않았을 것이

다. 남은 삼별초가 물러간 뒤 호위병 일곱 명을 잡아들여 목을 벴다. 그리고 호위병을 백 명으로 늘렸다.

남은 우를 매섭게 다그쳤다. 스무 척의 군선이 불탄 것은 우의 잘못이 아니었지만, 남은 그 군선들까지 예정된 날짜 안에 다시 만들라고 명령했다. 목수들과 병사들의 취침 시간이 절반으로 줄었다. 해가 진 뒤에도 바닷가를 떠나지 못했다. 횃불을 밝혔지만 어둡고 위험한 곳이 한두 군데가 아니었다. 하루에도 네댓 명이 다치거나 죽었다. 아청은 오늘 세상을 떠난 이들을 위한 노래를 매일 한 곡씩 불렀다. 그땐 목수도 병사도 하던 일을 잠시 멈추고 노래하는 아청을 향해 섰다. 작업 현장에서 잡담과 울음은 허락되지 않았다. 아청이 그들 대신 울어준다 여겼다.

그즈음 나타난 이가 법민이었다. 십여 명의 불제자와 함께 시신을 수습하고 장례 치르는 일을 도맡았다. 남이 우를 불러 물었다.

"법민은 어떤 자인가?"

"왕국의 으뜸 승려입니다. 왕의 스승이자 삼별초의 스승이고 팔방상의 스승이기도 합니다."

"대장경을 만들어 불교의 힘으로 감히 제국과 맞섰을 때,

그도 관여했느냐?"

"책임자입니다."

"왕이 강화경을 나와 개경으로 돌아온 후 법민은 어디에 있었느냐?"

"개경에 잠시 머물다가 떠났습니다."

"어디로 갔단 말이냐?"

"바람 같은 분입니다. 어디로든 가고 어디서든 떠나지요."

"방해하러 온 건 아닌가?"

"대사님이 오시자 오히려 목수들과 병사들이 더 열심히 작업하고 있습니다. 다치거나 죽더라도, 고승의 손에 이끌려 극락왕생한다는 희망을 품으니까요."

"희망? 웃기는군! 이딴 식으로 구니까 왕국은 제국의 적수가 못 되는 것이다. 다치면 다치고 죽으면 죽는 거다. 죽은 다음에 무슨 희망이 있단 게야? 잠깐! 팔방상의 스승이면 그가 아청도 가르쳤느냐?"

"그렇습니다. 천축국(天竺國, 인도)에서 부처님을 위해 만든 노래들을 가져와 아청에게 전수한 이가 대사십니다. 누구보다도 그녀가 대사님을 반겨 맞았습니다. 방상의 으뜸 가인이 될 때까지 든든하게 후원한 분이시니까요."

우는 충분히 설명했다. 그럼에도 불구하고 남이 법민을 합포에서 내치라고 하면 따를 수밖에 없었다. 법민에 대한 소문은 우도 듣고 있었다. 특히 진도에 오래 머물며 그곳에서 목숨을 잃은 삼별초의 장졸과 백성 그리고 제국의 장졸까지 가리지 않고 수습하여 장례를 치렀다는 것이다. 목수들과 병사들 그리고 특히 아청의 마음을 다독이는 데는 법민이 큰 도움이 될 것이다.

"극락왕생…. 이왕이면 이 땅에서 죽은 제국의 병사들을 위한 기도도 해달라고 해."

승낙이 떨어진 것이다.

우는 은밀히 법민과 승려들을 감시했다. 닷새에 한 번씩은 일부러 법민과 아침을 먹었다. 남의 공식적인 승낙을 전하기 위해 마련한 자리에는 아청도 동석했다. 법당이자 매일 장례를 치르는 방에서 셋은 나물 하나만 찬으로 삼아 식사했다. 강화경에선 좌까지 끼어 넷이서 식사를 한 적이 여러 번이었다. 그땐 적어도 찬이 세 가지는 나왔고 국도 있었다. 그러나 법민은 하루 한 끼 나물 찬에 보리밥 한 움큼을 고집했다. 이 정도만 먹으며, 하루에 두세 번씩 장례를 치르고 시신을 옮겨 땅에 묻었다. 합포에 발을 들인 후로는 등을 바닥에 대지도 않았다.

"도움이 필요하면 무엇이든 말씀해주십시오."

법민이 곧바로 정곡을 찔렀다.

"야간작업부터 중단해야 해. 매일 사람이 죽어가는 이곳이 바로 무간지옥일세."

우가 즉답을 못하고 아청을 바라보다 핑계를 찾았다.

"이, 이게 다…, 삼별초의 급습 때문입니다."

법민이 우의 약점을 파고들었다.

"대등하진 않더라도, 나는 자네가 군중회의에서 제국의 장수들과 나란히 앉아 의견을 낼 정도는 되리라고 봤네."

하지만 우는 남의 몸종이었다. 몸종은 주인의 소유물이니, 감히 건의할 처지가 아니었다.

삼별초 선봉대는 혜성이 찾아든 밤에 제주를 떠났다. 좌는 뱃머리에 서서 호와 함께 혜성을 우러렀다. 혜성이 나타나면 왕은 공식 행사를 미루고 근신하였다. 병사들 중에는 혜성의 출현을 불길하게 받아들이는 이가 적지 않았다. 비슷한 걱정을 하는 호에게 좌가 말했다.

"왕에게 불길한 별이라면 삼별초에겐 행운을 안길 별이

겠지."

좌의 말이 선봉대에 퍼져 병사들을 안심시켰다. 육지에 닿을 때까지 좌는 지휘방에서 나오지 않았다. 호 역시 대부분의 시간을 지휘방에서 보냈다. 두 사람은 합포를 급습할 계획을 확인하고 또 확인했다. 전과를 올리는 데만 주안점을 둔다면 합포가 아닌 다른 포구를 노렸을 것이다. 위험을 무릅쓰고라도 좌가 합포로 가야 할 이유는 분명했다. 그곳에는 진도에서 삼별초를 궤멸시킨 추토군의 으뜸 장수 남이 있었다. 그리고 아청이 있었다.

삼별초는 곧장 합포로 들이닥치지 않았다. 동일한 전법을 구사하는 것은 패전의 지름길이다. 제국의 병사들이 벌써 방비책을 세워뒀을 것이다. 대신 그들은 거제도 앞바다의 무인도에 배를 숨겼다. 인근 섬의 어부들 중 대다수는 아직까지 삼별초를 편들었다. 고기잡이 배를 타고 육지로 올라온 병사들은 합포를 향해 밤에는 걷고 낮에는 숨어 쉬었다. 삼별초는 해전에 강하니, 군선이 오가는 바닷길만 지키면 된다는 상식을 깬 것이다. 좌가 이 전술을 꺼내놓았을 때 호 역시 육로를 통한 급습에 선뜻 동의하지 않았다. 좌가 설득했다.

"배에서 오래 견디려면 발목과 무릎이 단단해야 해. 출렁대는 군선에서 균형을 잡고 재빨리 정확하게 움직여야 하니까. 풍랑이 낮과 밤을 골라 오는 게 아니니, 밤에도 임무를 수행하는 데 문제가 없겠지? 삼별초 병사들만큼 야간행군에 적합한 부대는 없어. 쓰지 않았을 뿐."

1월이 가기 전에 대장선이 완성되었다. 남이 야간작업을 강요한 결과였다. 대장선과 함께 좌우에서 보필할 군선 열 척도 완공되었다. 그 군선들 역시 삼별초의 군선에 비해 두 배는 더 컸다. 1월 한 달 만에 백 명 넘는 목수와 병사가 죽었다. 남은 제국에서 하루에 천 명이 죽는 것도 봤다며 대수롭지 않게 여겼다. 아청이 우를 통해 완공 축하연에서 노래하겠다는 뜻을 전했다. 남의 표정이 밝아졌다.

"드디어, 제국의 대신인 나를 위해 노래를 부르겠다고 먼저 나서는 건가?"

"조건을 하나 붙였습니다."

남이 불쾌하다기보다는 흥미로워 하는 표정으로 물었다.

"역시 또 조건을 단 건가? 아청답군. 뭐야, 조건이?"

"축하연을 대장선에서 하겠답니다. 그리고 무사귀환을 바라는 뜻에서 대장선과 열 척의 군선에 불상을 하나씩 놓은 뒤, 노래를 부르겠다고 합니다.”

남이 코웃음을 쳤다.

“제국은 부처의 도움 따윈 필요 없어.”

그러다가 이렇게 덧붙였다.

“하지만…, 동쪽의 끝을 정벌하고 무사귀환하길 바라는 그 마음이 아름답군. 아청에게 가서 전해. 허락한다. 그리고 출항을 하면 매일 그 불상 옆에서 노래하라!”

“매일…, 이라시면?”

우가 말꼬리를 잡아채며 물었다. 합포에 올 때부터 걱정하던 일이었다.

“난 무사귀환에 부처의 힘보다 아청의 노래가 도움이 된다고 봐. 병사들을 흔들기도 하고 붙잡기도 한다는 걸 진도에서도 또 이곳 합포에서도 내 눈으로 분명히 보고 내 귀로 똑똑히 들었으니까.”

축하연 준비가 시작되었다. 아청은 악공들과 함께 연습에 돌입했고, 법민도 최고의 불상을 마련하기 위해 합포를 잠시 떠나 해인사로 갔다. 해인사 아래 마을에 도자기와 불상을 만드는 이들이 모여 살고 있었다. 우는 축하연에 참석할 명단과 음식 준비를 맡았다. 왕은 장문의 축하 편지와 함께 태자를 비롯한 종친과 대신들을 보냈다. 그 수가 백 명을 넘었다. 서경과 개경에 머물던 제국의 장수들까지 내려왔다. 이미 동쪽의 끝을 정벌하고 오기라도 한 듯 합포가 떠들썩했다.

축하연은 술시(저녁 7시)에 시작될 예정이었다. 남은 명령을 내려 이 날은 특별히 작업을 쉬도록 했다. 목수들과 병사들은 각자의 처소에서 밀린 잠을 자거나 특식으로 나온 돼지고기를 먹으며 피로를 풀었다.

아청은 아침부터 온종일 대장선에서 연습했다. 우가 곁을 지켰다. 남은 이번에도 선곡과 공연 시간을 전적으로 아청에게 맡겼다. 그녀는 모두 네 곡을 골랐다. 그 곡들을 세 번 연이어 부른 뒤 잠시 쉬는 시간에 우가 말했다.

"역시 최고야. 한데 첫 곡으로 이게 적당할까?"

"그 곡이 왜?"

"자리가 자리인 만큼 제국을 위한 노래로 시작하는 게 낫지 않을까 싶어. 이 곡은 왕국이 얼마나 멋지고 위대한가를 잔뜩 열거하고 있잖아?"

아청이 받아쳤다.

"그게 그거지. 이렇게 대단한 왕국을 결국 무릎 꿇린 게 제국이니까."

"그렇게 되나?"

우는 더 밀어붙이지 않았다. 노래나 연주에 있어서 아청은 제 뜻을 바꾼 적이 없었다. 남이나 제국의 장수들이 불쾌할 수도 있지만, 우는 문제제기를 하는 것만으로 소임을 다했다고 여겼다. 아청이 뜻밖의 제안을 했다.

"부탁이 있는데…."

"뭐?"

우의 눈이 커졌다. 진도 앞바다를 떠난 후 그녀가 우를 사사롭게 대하긴 처음이었다. 수중에서 좌의 손을 놓친 충격이 컸던 탓일까. 우도 꼭 전할 공적인 이야기 외엔 말을 아꼈다.

"첫 곡에서 노래를 마친 후 연주가 제법 길게 이어져. 그때 네가 검무를 선보였으면 해."

"춤을 추라고?"

"이 노래에서 자랑하는 것들을 축하연에서 곧바로 내놓긴 어려워. 하지만 검무는 네가 으뜸이잖아?"

"검무를 춘 게 언제였더라. 그리고…."

지금까지는 쌍검무만 췄다. 좌가 없으니 독검무를 춰야 하는 것이다. 아청이 그가 줄인 말들을 충분히 넘겨짚었다.

"수백 번 춘 건데 한두 해 쉬었다고 잊겠어? 넌 동작이 크고 힘이 넘치니 독검무도 어울려. 맞춰보자."

"잠깐만!"

우는 남에게 가서 허락을 청했다. 아청은 노래와 어우러지는 춤으로 우의 검무를 끌어들였지만, 대장선에서 장검을 홀로 뽑아드는 것은 괜한 오해를 살 수 있었다. 남은 틈 들이지 않고 답했다.

"너란 놈! 몸종 주제에 재주가 많네. 아청이 원한다면 뜻대로 해."

그렇게 우도 아청의 공연에 합류했다. 오후엔 악공들과 함께 검무를 열 번도 넘게 췄다. 독검무와 쌍검무는 발놀림이나 시선 그리고 검을 휘두르는 방향이나 속도가 달랐다. 우는 동작 하나하나를 아청과 의논해서 정했다. 다행히 그가 이미 익힌 동작들이 대부분이었다. 그녀가 원한 동작 중 한두 개는 좌를 떠올리게 했다. 설명하는 그녀도 듣는 우도 그걸 느꼈다.

"여기선 살짝 돌아서서 왼쪽으로 하나 둘 셋…, 그리고 넷까지 물러나는 게 좋겠어. 엉덩이를 빼고 허리도 젖혀. 그 담에 폭풍처럼 하나 둘 셋 넷 다섯 여섯까지 달려갈 거니까, 충분히 공간을 확보해야 해. 네 걸음 물러나고 여섯 걸음 나아간다. 네 걸음을 여섯 걸음만큼 크게 뒷걸음으로, 알겠지?"

좌는 그렇게 큰 걸음으로 기꺼이 물러서는 사람이었다.

해질 무렵 법민과 열 명의 불제자가 도착했다. 비단보자기로 싼 불상이 하나씩 품에 들렸다. 그들은 대장선과 군선들의 뱃머리로 가서 비단보자기를 풀었다. 어른 허리 높이 정도의 구리로 만든 불상이었다. 불상 옆에 승려들이 각각 붙어 섰다. 횃불을 든 병사들이 좌우에서 불상과 승려를 호위했다. 축하연이 진행되는 동안 뱃머리에 놓아두었다가 내일부턴 각 군선의 지휘방으로 옮길 예정이었다. 남은 사람 키보다 큰 불상을 만드는 것이 어떻겠느냐는 의견을 냈었다. 제국은 무엇이든 크고 높고 많은 것을 원했다. 법민은 동쪽 바다를 건너갈 군선에 둘 불상이니 파도를 견디려면 작은 것이 낫다고 답했다. 우도 같은 생각이었다.

불상을 물끄러미 바라보며 아청이 말했다.

"오늘 저녁엔 자랑할 게 셋이군요. 군선들, 불상들 그리고 검무!"

법민은 아청의 노래까지 넣어 넷이라고 정정했다.

유시(저녁 5시)부터 축하객들이 대장선으로 올라왔다. 우가 함께 걸으며 설명을 보탰다. 배 곳곳을 둘러본 이들은 하나

같이 꼼꼼한 솜씨에 탄복했다. 제국의 장수 하나가 아는 체를 하며 물었다.

"태풍(颱風)이라고, 동쪽의 끝으로 가는 길에 종종 장대한 바람을 만난다던데, 이 대장선이면 끄떡없겠는가?"

우가 답했다.

"태태풍이 와도 무사히 동쪽의 끝에 닿을 겁니다."

술시에 남이 승선했다. 그는 왕국으로 건너온 후 가장 화려한 옷을 입었다. 이 세상에 존재하는 모든 빛깔이 담긴 듯, 방향과 빛이 조금만 달라져도 옷에서 광채가 났다. 좌중의 이목이 집중되었다. 남은 천천히 뱃머리를 향해 걸었다. 축하객들이 갈라져 길을 냈다. 남은 곧장 아청 앞까지 가서 멈췄다. 그녀는 남이 뱃머리로 향할 때부터 일어선 채 고개를 들고 기다렸다. 남이 왕국의 말로 칭찬했다.

"제국을 위해 또 나를 위해 공연을 준비해줘 고맙다."

"대장선과 열 척의 군선을 만든 목수들과 병사들의 노고에 비하면 제 노래란 터무니없이 미미합니다."

"그렇지 않다. 네가 망루에서 매일 노래하지 않았다면, 봄이 와도 대장선은 완성되지 못했을 것이다. 이제 매일 망루에 오르는 일은 내일부터 그만두거라."

"노래하겠습니다, 계속!"

"충분하다. 정 하겠다면 열흘에 한 번이면 족해. 내일부터는 내 군막으로 와서 노래해."

말투는 명령이지만 눈빛은 간구였다. 이제는 사사롭게 아청과 만나겠다는 선언이기도 했다. 세세한 설명은 달지 않았지만 남은 자신이 아청에게 충분히 시간을 주며 기다렸다고 여겼다. 아청이 아니라 다른 여인이었다면 벌써 취했을 것이다. 그러나 남은 아청이 오늘처럼 스스로 노래해주길 바랐다. 마음을 얻고 노래를 얻으면 몸은 그 다음에 따라오는 법이다. 그녀가 먼저 축하연에서 노래하길 청했을 때 남은 천하를 얻은 듯 기뻤다.

우는 남의 뒤에서 아청의 답을 기다렸다. 그녀의 시선이 남의 어깨를 지나 우의 얼굴에 닿았다. 우는 당연히 거절하리라 믿었다. 그녀가 오늘 공연을 자청한 것은 남을 위해서가 아니다. 제국이 왕국을 조금이라도 잘 대해주길 바라는 마음이다. 그녀가 내일부터 남의 군막에서 노래할 이유는 없는 것이다. 아청이 답했다.

"알겠어요. 말씀을 따르지요."

남은 소리 내어 웃었고 우는 숨죽여 분노했다.

축하연이 시작되었다. 해는 이미 져서 바다가 깜깜했다. 오직 대장선과 좌우로 늘어선 열 척의 뱃머리에서만 횃불이 각각 하나씩 타올랐다. 가사에 장삼을 입은 법민이 목탁을 두드리며 횃불 아래 서자, 각 군선의 횃불 아래로 열 명의 불제자가 똑같이 섰다. 법민과 불제자들이 동시에 열한 개의 불상을 향해 절을 했다. 그리고 불상 앞에 무릎을 꿇고 앉았다. 법민이 낭랑한 목소리로 〈화엄경〉을 외워 읊었다.

암송을 마치고 법민이 불상 옆으로 가서 축하객을 향해 돌아서자마자 악공들의 연주가 시작되었다. 그리고 아청이 법민 앞으로 나섰다. 좌중의 시선이 아청에게 모아졌다. 기대로 가득 찬 눈망울이었다. 방상의 으뜸 가인 아청의 노래를 이렇듯 가까이에서 듣지 못한 이들이 대부분이었다. 추토군과 삼별초가 아청을 확보하기 위해 음으로 양으로 대결한 이야기는 한껏 부풀려져서 왕국은 물론이고 제국에까지 퍼졌다. 제국의 황제가 새매 천 마리보다 그녀의 노래를 듣고 싶어 한다는 풍문까지 보태졌다. 아청이 첫 곡을 시작했다. 왕국이 자랑하는 문인들의 이름과 특별히 탁월한 글의 갈래가 함께 등장했다.

유원순의 문장, 이인로의 시, 이공로의 사륙변려문, 이규보와

진화의 쌍운주필, 유충기의 대책문, 민광균의 경서풀이, 김양
경의 시와 부.

　나열만 했는데도 왕국에 얼마나 뛰어난 글이 많은지를 남
과 제국의 장수들은 충분히 느꼈다. 아청은 각 글의 갈래가
지닌 특징을 문인들의 이름과 함께 제각각 다르게 노래했다.
글을 읽지 않고도 그 글의 특징을 노래로 느끼는 신기한 경
험이었다. 아청의 노래를 듣는 제국의 장수들 얼굴에 웃음이
가득했다. 오직 남만 표정이 점점 굳었다. 이 노래가 결국 강
화경으로 도읍지를 옮겨 제국에 항거한 왕국의 위대함을 자
랑하고 있었던 것이다. 우 역시 남의 딱딱한 표정을 살피고
는 미간을 좁혔다. 노래가 끝나면 자신이 나서서 검무를 선
보일 차례였다. 남이 오늘 공연을 어찌 받아들일까. 내일부
터 아청을 군막에 두겠다고 했는데, 그녀가 낭패를 보는 것
은 아닐까. 역시 이 노래를 첫 곡으로 택하는 게 아니었다.
검무를 추겠다고 승낙할 일이 아니었다.

　엎질러진 물이었다. 아청이 마지막 절을 부르며 우를 눈으
로 찾았다. 장검을 든 우가 나섰다. 우와 아청과 법민이 일직
선으로 선 꼴이었다. 노래가 끝나는 것과 동시에 우가 북소
리에 맞춰 장검을 높이 들고 원을 그리며 돌았다. 검무를 출

공간을 넉넉하게 확보하기 위해서였다. 그의 기세에 눌린 축하객들이 한두 걸음씩 물러섰다. 그들의 시선이 일제히 검무를 추는 우에게 향했다. 북이 열 번 울리자 우가 처음으로 돌아왔다. 우가 나아가며 장검을 한 번 두 번 세 번 휘두르는 순간, 사방이 동시에 환해졌다. 축하객들은 고개를 좌우로 돌리며 비명을 지르기 시작했다. 군선 열 척에서 불길이 치솟은 것이다. 갑판이 온통 불꽃으로 가득했다. 각 뱃머리에 있던 횃불보다 백 배 천 배 환한 빛을 뿜었다. 횃불을 들고 있던 병사도 불상과 함께 갑판에 쓰러져 있었다. 법민을 따라 불상에 절을 하고 독경을 했던 불제자들은 불길을 확인한 다음 바다로 뛰어들었다. 우가 검무를 멈추고 돌아섰다. 아청의 뒤에 선 법민을 찾았다.

법민의 손에 횃불이 들렸다. 그가 절했던 구리 불상도 이미 넘어졌다. 불상에서 기름이 콸콸 흘러나왔다. 구리로 만든 불상 속에 기름을 가득 채워 옮긴 것이다. 기름이 어느새 우의 발을 지나 남이 앉아 있는 군막에까지 닿았다. 축하연을 위해 군데군데 친 장막과 탁자와 음식들이 가득했다. 불이 붙으면 삽시간에 타오를 것들이었다.

"안 돼."

우가 단숨에 뛰어올라 아청의 어깨를 밟고 법민의 목을 벴다. 칼날이 법민의 목에 닿기 직전 횃불이 기름 위로 떨어졌다. 불길이 진군하는 병사처럼 갑판을 덮쳤다.

군선 열 척을 비롯해 대장선에서까지 불길이 치솟자 경계하던 병사들은 불을 끄기 위해 물을 길어오느라 동분서주했다. 제국의 군복을 갖춰 입은 병사들이 열 명씩 열 개 조를 이뤄 바닷가 숲에서 나왔다. 그들은 불을 끌 생각은 않고 대장선을 향해서만 돌진했다. 좌가 이끄는 삼별초의 별동대였다. 앞을 막는 이는 무조건 베면서 대장선에 도착한 그들은 걸쇠를 던져 배 난간에 걸고는 줄을 타고 올라갔다.

삼백 명이 넘는 축하객이 불길을 피해 이리 피하고 저리 피했다. 한꺼번에 통로로 몰리면서 밟고 밟히며 쓰러졌고 그 위로 불길이 덮쳤다. 옷에 불이 붙은 채 비명을 지르며 배에서 뛰어내리는 이도 늘었다. 그 사이로 좌의 별동대가 뛰어올랐다. 제국의 병사인 줄 알고 도움을 청하기 위해 다가오던 축하객들을 그들은 모조리 베었다. 삼별초 별동대는 중무장을 했고 축하객들은 단검 하나 쥐지 않았다.

장검을 든 좌가 선두에 서고 장봉을 든 호는 후미를 맡았다. 좌는 불길 속을 달려 뱃머리로 향했다. 아청의 노래는 숲에서도 또렷하게 들렸다. 노래가 끝나고 연주가 시작되면 숲을 벗어나 포구로 접근하고, 대장선과 군선들에서 불길이 치솟으면 단숨에 대장선에 올라 축하연에 참석한 제국의 장수들과 왕국의 종친과 대신들을 베기로 했다. 그 다음은 정하지 않았다. 각자 알아서 살 길을 도모하는 것이다. 법민은 이미 죽었고 열 명의 불제자는 바다로 뛰어들었다. 좌는 아청을 구해야 했다. 그가 이 세상에서 가장 소중하게 여기는 사람이었다. 그녀를 무사히 구하지 못하면 제아무리 많은 군선을 불태운다고 해도 무용할 것이다.

불길을 벗어나자 뱃머리 난간에 기대앉은 아청이 보였다. 그 옆에 쓰러진 승려는 법민이었다. 머리가 잘린 법민의 몸뚱이가 타올랐다. 불길이 사방을 에워쌌다. 피할 길이 없었다. 좌는 그녀를 향해 달렸다. 바지 끝단에 불이 붙었지만 개의치 않았다. 그녀도 좌를 봤다. 맹렬하게 자신을 구하러 달려오는 사내는 좌가 분명했다. 그녀가 고개를 좌우로 힘껏 저으며 외쳤다.

"오지 마!"

그 순간 불타는 장막 뒤에 섰던 우가 장검을 휘두르며 달려들었다. 좌의 왼 어깨에서 피가 뿜어져 나왔다. 좌가 오른

손에 든 장검을 바닥에 꽂은 채 겨우 쓰러지지 않고 버텼다.
우가 장검을 고쳐 잡고는 좌를 노렸다.

"여기가 어디라고 감히…."

우가 달려드는 순간 아청이 벌떡 일어나 앞을 막았다. 검
을 휘두르려던 우가 멈칫 섰다.

"비켜!"

아청이 그를 노려보며 버텼다. 우가 한 걸음 다가섰다. 그
녀를 밀치고 좌를 벨 마음뿐이었다. 그 순간 등 뒤에서 비명
이 터졌다. 낯익은 목소리였다. 우가 고개를 돌렸다. 역시 남
이었다. 호가 휘두르는 장봉을 피하려다가 찬란한 예복에 불
이 붙은 것이다. 지금 가서 불을 끄지 않으면 남은 그대로 타
죽을 것이다. 좌가 왼팔을 뻗어 아청의 팔꿈치를 잡고 당겼
다. 그리고 한 걸음 함께 물러섰다. 우가 다시 아청과 좌를
보았다. 남의 비명이 더욱 더 처절해졌다. 좌를 벨 것인가 아
니면 남을 구할 것인가. 좌를 베겠다고 덤빈다면? 아무리 왼
어깨를 다쳤다지만 적어도 십 합 어쩌면 오십 합 넘게 겨뤄
야 할지 모른다. 그 사이에 남이 목숨을 잃는다면? 우가 남
을 구하려면 제 옷을 벗어 남을 덮고 함께 뒹굴어 불부터 꺼
야 한다. 좌가 아청을 데리고 달아난다면? 우는 불길에 휩싸

여 날뛰는 남, 좌와 함께 물러서는 아청을 번갈아 봤다. 양자택일! 우는 마침내 결정을 내린 듯 몸을 돌렸다. 남을 노리며 날아드는 호의 장봉부터 검으로 막았다.

우는 남의 옷에 붙은 불을 껐고, 좌는 아청과 함께 대장선에서 뛰어내렸다.

6

만전춘별사

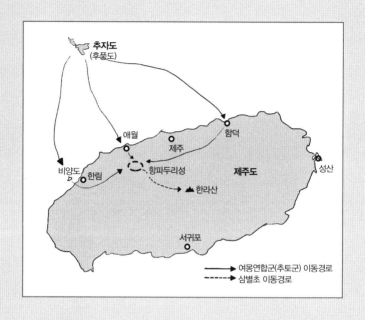

여몽연합군(추토군) 이동경로
삼별초 이동경로

제주에서 결사항전

한라산을 품은 넓고 신비한 섬 제주.

이곳은 삼별초에게 더 이상 밀려날 곳 없는 보루이자 최후의 안식처였다.

"이걸 전부 네가 쌓았어?"

아청이 물었다. 노래를 부르듯 콧소리가 섞였다. 성은 그녀가 상상한 것보다 훨씬 높고 길었다. 성 뒤로 성이 보이고 또 그 성 뒤로 성이 보였다. 산이 겹겹 솟고 파도가 겹겹 출렁거렸다. 좌가 검은 돌을 집어 얹으며 답했다.

"다 같이 한 거야."

그녀가 옆에 웅크리고 앉아 눈높이를 맞췄다.

"쌓으며 무슨 생각 했어?"

"응?"

좌가 고개를 돌렸다.

"어려서부터 넌 매일매일 반복해서 뭔가 만들길 즐겼지. 열다섯 살 때 기억 안 나? 암자로 나를 데리러 왔던 네가 다리를 다쳐 법민 대사님이 계신 사찰에 두 달쯤 머물다 내려왔지. 그러고도 한 달 남짓 쉬며 치료를 더 해야 했어. 네가 그때 화살촉을 갈아 천 개를 채웠지. 대바구니 열 개에 가득 든 화살촉도 놀라웠지만, 이걸 하나하나 갈며 무슨 생각을 했느냐고 내가 물었을 때 네 답이 더 놀라웠어."

"내가 뭐라고 말했는데? 기억 안 나."

좌가 되물었다. 아청이 웃으며 말했다.

"답을 줬다고 했지, 말했다곤 안 했어. 넌 화살촉을 내 콧잔등까지 들기만 했으니까. 그때 난 깨달았어. 네가 이렇게 화살촉을 들 때마다 내 생각을 했다는 걸."

"네 생각만 한 건 아냐."

좌는 부끄러운 듯 물러섰지만 아청이 더 빨리 다가앉았다.

"열 번 들 때 한 번은 생각했지? 솔직히 털어놔. 그것만 합쳐도 백 번이네."

좌는 제주로 돌아오자마자 다시 성 쌓기에 몰두했다. 아청은 좌의 곁에 자석처럼 붙어 떠나지 않았다. 호를 비롯한 장졸들은 무용담을 늘어놓으며 사흘을 쉬었지만, 좌는 묵묵히 돌을 줍고 옮겼다. 그녀도 좌를 따라 오름을 오르고 숲에 들고 비탈을 기었다. 검은 돌을 혼자 들어보려고도 했지만 좌가 막았다.

"손목이라도 삐면, 손등이라도 멍들면, 거문고 연주도 못해! 내려가 쉬어. 호에게 편히 지낼 곳을 부탁해뒀어."

아청은 한 귀로 듣고 한 귀로 흘렸다. 돌을 들지 않는 대신 성을 쌓는 사람들을 위해 노래 부르는 쪽을 택했다. 가인에게 가장 어울리는 것은 역시 노래였다. 병사들 호응도 대단했지만, 제주에서 나고 자란 백성들 반응은 실로 놀라웠다. 노래가 끝나기도 전에 눈물을 쏟고, 노래를 마치자마자 발을 구르고 손뼉을 치며 환호했다. 오늘이 인생에서 가장 행복한 날이란 듯 환하게 웃었다. 노래하는 내내 아청의 시선은 무리의 제일 뒤에서 돌을 나르는 좌에게 향했다. 그녀는 알고 있었다. 강화경에서 좌는 검을 들고 바삐 움직이면서도 그녀의 노래를 한 마디도 빼놓지 않고 모두 듣고 외웠다. 검을 든 채 뛰지 않고 돌을 품고 걷는 것이니, 그녀의 노래를 듣고 외우며 되새김질할 여유는 충분했다.

점심 무렵부터 꾸물꾸물하던 하늘이 해질 무렵 기어이 비를 뿌렸다. 병사들은 군영으로 내려갔고 백성들도 각자의 고을로 돌아갔다. 좌는 남았고 아청도 함께였다. 좌는 아청을 설득했다.

"내려가. 비오는 제주의 밤바람은 살갗을 찢듯 매서워."

"넌?"

"성을 더 쌓을 거야. 제주에 온 후로 늘 이랬어."

"대체 이유가 뭐야? 해지고 비까지 내리면 작업을 멈추고 군영으로 돌아가는 게 당연해."

"그건⋯."

좌의 설명을 자르며 아청이 말을 이었다.

"진도 앞바다에서 전사한 용과 병사들에 대한 책임을 네가 짊어졌다며? 호에게 들었어. 네 잘못 아냐. 그들은 죽음을 각오하고 비선에 탄 거야. 무사생환했다면 더없이 좋았겠지만, 적의 불화살 급습에 제대로 대처하긴 힘들었어. 넌 비선을 책임진 장수도 아니었잖아. 젊은 장졸들의 죽음이 안타깝지만 딱 거기까지야. 양보하고 또 양보해서 설령 네게 잘못이 손톱만큼 있다고 해도, 합포에서 세운 전공으로 이미 다 씻었어. 넌 이제 죄수가 아냐. 넌 삼별초 선봉장이고⋯, 또 내 사람이야."

빗줄기가 굵어졌다. 좌는 성 쌓기를 접고 오름을 내려왔다. 아청이 곁에 없었다면 폭우 속에서도 계속 돌을 날랐을 것이다. 합포에서 그는 똑똑히 보았다. 대장선을 비롯한 십여 척의 군선들을 불살랐지만, 포구를 메운 군선의 수는 그보다 훨씬 많았다. 그 군선들이 제주로 몰려온다면, 삼별초가 강화경으로 도읍지를 옮기며 제국에 맞선 이후 가장 힘든 전투가 될 것이다. 추토군과 맞서기 위해 한 뼘이라도 더 높고 굵고 단단한 성을 쌓아야 했다.

좌도 오늘밤만은 일 욕심을 거뒀다. 그가 비오는 밤길에서 돌을 나르면, 아청 역시 비를 맞으며 따라다닐 것이다. 합포에서 몸 고생 마음 고생한 것도 회복하지 못한 상황에서 비를 맞으며 밖에서 밤을 보내게 할 수는 없었다.

"군영으로 가는 게 아니고?"

오름을 내려선 좌가 불빛이 일렁이는 군영을 등지자 아청이 물었다. 그는 즉답 대신 손을 내밀었다. 그녀가 기꺼이 그 손을 잡았다. 나란히 걸음을 떼며 그가 말했다.

"비부터 피하자."

좌는 여러 번 오간 듯 캄캄한 밤길에도 주저함이 없었다. 바람에 날린 비가 두 사람의 머리와 어깨와 등을 때렸다.

"발 조심해. 돌이 많아."

좌가 아청의 어깨를 팔로 감쌌다. 그녀도 그의 허리를 감아쥐었다. 나무들이 끝도 없이 펼쳐진 숲으로 들자 비가 한결 덜했다. 후드득후드득 소리를 내며 나뭇가지와 줄기에 먼저 부딪친 다음 그들에게 떨어지는 식이었다. 좌가 고른 땅만

택해 디뎠지만 제주가 처음인 아청이 걷기엔 크고 작은 돌들
이 너무 많았다.

"아!"

삐죽 튀어나온 돌을 피해 그 옆 뭉툭한 돌을 밟는 바람에
아청이 휘청거렸다. 좌가 얼른 어깨를 감싸 쓰러지는 것을
막았다. 그는 무릎을 꿇고 그녀의 발등과 발목을 어루만졌
다. 그녀는 발등과 발목으로부터 올라오는 남자의 온기를 느
꼈다. 비는 차가웠지만 손은 따뜻했다.

"괜찮아. 살짝 겹질렸을 뿐이야."

그가 등을 보이며 돌아앉았다.

"업혀!"

"괜찮대도."

"내가 괜찮지 않아. 다 왔어. 금방이야."

아청은 못 이기는 척 그의 목을 양손으로 감고 가슴을 기
울여 업혔다. 좌가 가볍게 일어나서 걸음을 뗐다. 발등과 발
목에서 느낀 온기가 반딧불 정도였다면, 밀착한 등에서 퍼지
는 온기는 만물을 키우는 햇살이었다. 좌가 내리막길로 들어
섰다. 돌을 피해 때론 멀리 때론 가까이 발을 떼는 모습이 검
무를 추는 것과 다르지 않았다. 좌가 급히 나아가거나 멈추

거나 기우뚱거려도 아청의 가슴은 좌의 등에서 떨어지지 않았다. 걸음을 멈춘 좌가 나뭇가지 서넛을 젖히고 들어섰다. 비가 더 이상 들이치지 않았다. 동굴이었다. 좌가 조심조심 아청을 내려놓았다. 돌 대신 고운 흙들이 바닥에 깔렸다.

"날이 궂으면 여기서 잠시 쉬곤 해."

좌가 손을 잡고 아청을 이끌었다. 열 걸음 정도 들어가니 동굴이 왼쪽으로 휘었다. 다시 스무 걸음쯤 걸었다.

"잠시만!"

좌가 아청을 세워둔 채 바삐 움직였다. 등잔부터 켜 어둠을 쫓았다. 동굴이 휘어져 있고 입구를 무성한 나뭇가지로 가렸으니, 바깥에선 이 빛이 보이지 않을 듯했다. 모닥불은 따로 피우지 않았다. 동굴에서 따뜻하게 몸을 녹이는 것도 죄스러웠기 때문이다. 좌는 그녀 앞에 낡은 천을 석 장 겹쳐 깔았다. 성을 쌓다가 피곤에 절은 몸을 이끌고 와 쓰러져 잠시 눈을 붙일 때 깔고 덮던 것들이었다.

"됐어. 이리 와서 앉아."

아청이 좌의 팔을 당겨 앉히려 했다. 그가 수건을 찾아들고 말했다.

"머리부터 닦아야지? 다 젖었지?"

아청이 대답 대신 머리를 풀고 돌아앉았다. 흘러내린 머리카락이 바닥에 닿았다. 그녀가 숨을 쉴 때마다 머리카락이 흔들렸다.

"닦아줄래?"

좌가 아청의 등 뒤로 다가가 앉았다. 수건으로 그녀의 긴 머리를 천천히 닦기 시작했다. 턱을 들고 머리카락을 맡긴 그녀가 말했다.

"너무 위험했어. 와서는 안 되는 거였다고. 알지?"

법민으로부터 좌가 합포를 급습하러 온다는 소식을 듣고, 아청은 걱정이 앞섰다. 합포는 서경보다 경비가 삼엄했다. 제국과 왕국의 병사들은 이미 한 차례 삼별초의 급습에 당하기도 했다. 합포 행을 막고 싶은 게 아청의 솔직한 심정이었다.

"합포 다음에는 동쪽의 끝이야. 거기는 지옥보다 더한 곳이고."

좌의 말에 아청이 고개를 돌리며 대꾸했다.

"안면소 앞바다에서 너와 헤어진 순간부터 난 이미 지옥으로 들어갔어. 그래도 터무니없는 희망을 품었지. 단 한 번이라도 널 보게 해달라고. 멀리서, 아주 멀리서 물그림자에 일렁이게만 해달라고. 진도 앞바다에서 또다시 네 손을 놓치고 나선 정말 죽고 싶었어. 그런데 이렇게 같이 있네. 제주까지 와서 동굴에 이렇게…. 절대로 헤어지지 않을 거야. 노래할 래. 노래하고 싶어."

"아청…!"

좌는 그녀의 이름을 부르고는 말을 잇지 못했다. 그녀가 돌아앉아 그의 가슴에 뺨을 가만히 댔다. 그리고 노래를 시작했다.

얼음 위에 댓잎 자리 만들어
님과 내가 얼어 죽을망정
얼음 위에 댓잎 자리 만들어
님과 내가 얼어 죽을망정
정 나눈 오늘 밤 더디 세시라 더디 세시라.

우는 추토군 선봉장으로 복권되었다. 남의 결정이었다. 군선 백육십 척, 추토군 일만 명의 선봉을 그에게 맡긴 것이다. 제국과 왕국의 군선이 영산강 하구에 집결하여 제주를 건너는 시기는 4월로 결정되었다.

우는 하루라도 빨리 출항하고 싶었지만 남의 화상(火傷) 치료가 시일을 끌었다. 불길에 머리카락은 물론 얼굴까지 타버렸다. 귓불과 코가 짓뭉개지고 눈을 감아도 눈꺼풀이 반도 덮이지 않았다. 입술은 피부와 엉겨 혹처럼 턱까지 처졌다. 말을 해도 자꾸 바람이 샜다. 불길에 다친 곳은 살갗뿐만이 아니었다. 숨이 턱없이 짧고 가래가 들끓었다. 두통이 온종일 따라다녔다. 오십 보도 걷기 힘들었다. 통증이 뒤섞여 찾아들면 토하고 또 토했다. 왕은 어의를 두 명이나 보내 남을 치료하게 했다. 어의들은 최소한 일년은 요양하기를 권했다. 몸의 화(火)도 문제지만 마음의 화(火)가 더 큰 문제라고 했다. 제국의 대신이자 추토군의 으뜸 장수이고 동쪽의 끝을 정벌하러 갈 대선단의 지휘관인 남이 수십 명의 삼별초에게, 그것도 대장선 완공일에 속절 없이 당한 것이다. 더할 수 없이 끔찍한 치욕이었다.

아침에 눈을 뜰 때마다 남은 추토군을 이끌고 제주로 향하고 싶었다. 합포를 급습한 삼별초 장졸은 모조리 색출하여 갈기갈기 찢어 죽여야 한다고 거듭 명령했다. 그러나 열 걸음도 채 걷기 전에 쓰러져 토하고 기절할 정도로 몸이 말을 듣지 않았다. 남은 결국 2월과 3월 두 달 동안 화상 치료에만 전념하기로 하고는 우를 따로 불렀다. 남은 두 눈만 드러나는 탈을 쓴 채 높은 단에 앉아 있었다. 우는 무릎을 꿇고 엎드렸다. 남의 목소리가 뒤통수를 울렸다.

"연습이다…. 동쪽의 끝을 정벌하기 위한 마지막 연습! 속 전속결. 단 한 번도 지면 안 된다…. 군선 배치도부터 그려 와…. 삼별초 그 쥐새끼들이 숨은 제주 지도도 함께!"

사실상 우에게 추토 준비를 일임한 것이다. 막중한 임무를 맡긴 것은 우가 불길에 휩싸인 남을 구했기 때문만은 아니다. 남은 사람의 말을 믿지 않았다. 오직 보고 겪은 사실만을 인정했다. 새로 만든 군선들의 장단점을 알고, 삼별초의 전략과 전술에 정통한 이가 추토군 진영에선 우밖에 없었다.

우는 감사 인사를 늘어놓지 않았다. 추토 준비를 완벽하게 하겠노라 떠들지도 않았다. 몸종이 된 후로 우는 남의 까다로운 요구를 군말 없이 받아들여 해냈다. 남이 생각하기에도 무리한 과제들을 우는 밤을 새우고 밥을 굶고 대소변 보는 시간까지 아끼면서 완수했다. 남은 자신만큼이나 우도 분노에 휩싸였으리라 직감했다. 대장선을 비롯한 군선들은 우가 설계부터 제작까지 도맡은 것이다. 그것들이 시커멓게 불타버렸으니, 우로선 자식을 잃은 것처럼 원통했으리라. 게다가 안면소 앞바다로 직접 나아가서 데려온 아청까지 눈앞에서 빼앗기지 않았는가.

"나를 이렇게 만든…, 삼별초 장수가 누구라고?"

"김성도입니다."

좌의 이름을 댔다.

"그놈 목은…, 네가 가지거라…. 합포를 급습한 나머지 장졸들 목숨도 함께…."

"네."

남이 권하지 않더라도, 우는 꼭 좌와 맞붙어 죽일 작정이었다. 좌의 목은 내가 갖는다, 그렇다면? 우는 남의 다음 명령을 기다렸다.

"노래하는 계집…, 아청은 살려서 내 앞에 데려와. 꼭 살려서…. 알겠지?"

남은 아직 아청을 포기하지 않았다. 집착이 더욱 커졌다.

"알겠습니다."

우는 남이 원하는 답을 하고는 그 방을 나왔다. 고개를 들었다. 포구의 정중앙에 을씨년스럽게 버티고 선 대장선을 올려다보았다. 삼별초의 급습으로 타버린 배는 흉물스런 괴물이었다. 남은 배를 해체하여 없애지 말고 그 자리에 두도록 했다. 삼별초쯤이야, 우습게 여기고 합포로 내려오는 제국의 장졸들을 대장선 앞에 세워두기 위해서였다. 구구절절 설명할 필요 없이, 잿더미 대장선을 보는 것만으로도 삼별초에 대한 분노와 경각심이 일었다.

밤이 깃들면, 우는 혼자 괴물을 만나러 갔다. 밖에서 구경하는 것이 아니라 놈의 몸속으로 들어갔다. 배가 불길에 휩싸이며 나무판들이 부서지고 떨어졌다. 대장선에 오른다는 것 자체가 목숨을 걸어야 할 정도로 위험했다. 옅은 바람에도 굉음을 냈다. 어딘가가 부서지고 꺾이고 떨어지는 중이었다. 그래도 우는 악착같이 대장선 갑판까지 올라가서 뱃머리를 향했다. 남이 불길에 휩싸여 뒹굴던 곳을 지나면 아청이 웅크리고 앉았던 자리가 보였다. 목이 잘린 법민의 몸뚱이가 불타던 곳이기도 했다. 우는 걸음을 돌려 반대쪽 난간으로 향했다. 난간 앞에 멈춰 돌아서서 아청이 있던 곳을 바라보았다. 그리고 그녀를 향해 뛰어갔다. 그 밤 배에 오른 좌의 동선이었다. 아청이 있던 곳에 도착한 우는 섬으로 둘러싸인 밤바다를 응시했다. 좌의 얼굴이 어른거렸다.

기다려! 이번엔 끝장을 내주마.

고개 돌려 아청이 노래하던 자리를 보며 맹세했다.

"널 빼앗기지 않아. 좌든 남이든, 누구에게도."

좌는 두 달 남짓 성을 열 개나 더 쌓았다. 아청이 그의 곁에서 온종일 노래를 불렀다. 손놀림은 바빴지만, 병사들과 백성들의 표정엔 활기가 넘쳤다. 아청은 성을 완성한 날엔 특별히 거문고 연주를 곁들였다. 그리고 좌에게 권했다.

"검무를 춰요. 예전처럼!"

좌는 몇 번이나 거절했지만 성을 쌓은 이들의 성화를 이겨내기 힘들었다. 성은 혼자 쌓는 것이 아니다. 함께 쌓는 것이다. 돌을 나르는 것보다 사람들의 마음을 얻는 것이 훨씬 중요했다. 아청이 독검무를 위한 연주를 들려줬고 좌는 곧 가락에 맞춰 장검을 놀렸다. 두 사람의 연주와 춤은 한 번으로 그치지 않았다. 병사들과 백성들은 성을 마쳤거나 다시 쌓기 시작할 때면 꼭 둘에게 부탁을 했다.

아청의 거문고에 맞춰 좌가 독검무를 추는 날엔 호를 비롯한 삼별초 장졸들도 즐기러 왔다. 아청이 미리 호에게 귀띔을 해주었던 것이다. 언제 추토군이 들이닥칠지 모르는 상황이었지만, 아청과 좌가 어울리는 날엔 삼별초 장졸 모두 많이 웃고 많이 이야기하며 서로를 격려했다.

두 달 동안 좌와 아청은 동굴에 머물렀다. 모닥불은 여전히 피우지 않았지만 동굴은 훈훈했다. 계절이 봄을 지나 여름을 향해서이기도 했고 좌와 아청의 사랑이 깊어져서이기도 했다. 독검무를 마친 날이면 둘은 더욱 서로에게 파고들었다. 사랑하고 사랑하고 또 사랑했다. 열 번째 성을 쌓고 열 번째 독검무를 추고 열 번째 더욱 특별한 밤을 보낸 뒤에야 좌는 아청에게 물었다.

"불타는 대장선에서 우가 췄던 독검무도 그 곡이었지?"

아청이 좌의 벗은 가슴에 손을 올려놓고는 엉뚱하게 되물었다.

"좌와 우, 너희 둘이 함께 춤출 날이 올까?"

"우는 언제나 나를 이기고 싶어 했어."

힘을 합쳐 전략을 짜고 훈련을 하던 나날을 떠올렸다. 북을 암살하기 위해 서경에 침투했을 때, 암살에 성공한 뒤 지하 감옥에 갇혔을 때, 좌는 우가 곁에 있었기에 용기를 내고 견뎌 살아남을 수 있었다. 이제 그렇게 합심할 날은 오지 않을 것이다. 쓸쓸한 좌의 얼굴을 보며 아청이 물었다.

"넌?"

좌가 즉답을 못 하고 아청과 눈을 맞췄다. 동굴에서 알몸으로 지내는 시간이 점점 늘었다. 사랑을 나누지 않더라도 맨살과 맨살을 붙이고 잠들었다 깨어나고 싶었던 것이다.

"난 나를 이기는 것도 벅찼어. 내가 감당하기 힘든 일들이 계속 닥쳤으니까. 우가 곁에 있어서 큰 도움이 되었지. 나 혼자였더라면 더 많이 실패하고 더 많이 고통 받았을 거야."

"그래서 우에게 번번이 졌던 거야?"

"우는 강했어, 나보다 훨씬."

"네가 더 강한 것도 있었지. 검무는 네가 우보다 나았어. 그런데도 우에게 양보했지. 네가 돋보일 순간인데도 우의 뒤로 물러나곤 했으니까."

"친구니까! 다 양보해도 괜찮았어. 단 하나만 빼고."

아청이 진도 바다 속에서처럼 깍지를 꼈다.

"나마저 양보했더라면, 두 번 다시 널 안 봤을 거야."

"방법이 다른 걸지도 몰라. 사는 것도 사랑하는 것도."

"다르지."

"방법이 다르더라도, 아청 널 세상에서 가장 사랑하는 사람은 나야."

"알아."

"…언제부터, 알았어?"

아청은 답을 않고 좌를 바라보다가 갑자기 입을 맞췄다.

"정말정말 마음에 새긴 건 언제부터라고 생각해? 잠깐! 그냥 말하면 시시해지니까, 서로의 가슴에 나이와 날짜와 장소를 쓰는 건 어때?"

좌가 고개를 끄덕였다. 둘은 동시에 서로의 벗은 가슴에 날짜와 장소를 썼다. 일치했다.

열아홉 살, 9월 9일, 별당.

열아홉 살에 좌가 서경 지하 감옥에서 석방되어 강화경으로 돌아왔을 때였다. 좌는 병이 깊어 별당을 벗어나지 못했다. 아청이 고음의 밀주를 들고 치료를 위해 찾아왔지만, 좌는 비틀대며 자리를 피한 후였다. 아청은 별당으로 들어가서 기다렸다. 어느새 나타난 좌는 방문을 밖에서 걸어잠근 채 아청의 제안을 거절했다. 독기가 뼛속 깊숙이 퍼졌으므로, 이 독을 치료하는 와중에 아청까지 치명적인 병에 걸릴 수도 있다는 것이다. 그녀가 속에 넣어뒀던 이야기를 꺼냈다.

"넌 왜 내가 다가서기만 하면 물러서? 내 맘 몰라?"

"물러선 적 없어."

짧은 침묵이 흘렀다. 아청의 질문이 얼마나 소중한가를, 소중한 만큼 깨어지기 쉬운가를, 좌는 잘 알고 있었다. 이 질문에 닿기 위해 열아홉 살을 살았다는 생각까지 들었다. 이

윽고 좌가 힘겹게 입을 열었다. 병이 깃든 숨소리가 먼저 그
녀의 귀를 울렸다.

"…그러지 않으려고 했어."

"그러지 않으려고 하다니? 그게 맘대로 돼? 나를 사랑하
지 않는 게 되냐고?"

"노력하고 있어. 그러니 너도 노력해줘."

아청은 입술을 깨물었다. 노력이란 단어가 참으로 어울리
지 않는 순간이었다. 다시 침묵이 흘렀다. 문 밖의 숨소리가
거칠어졌다. 좌는 가슴 저 밑바닥에 숨겨둔 결심을 끌어올리
는 중이었다.

"난…, 오래 못 살아."

"치료받으면 돼."

아청은 마음이 급했다.

"그게 아니라…, 3년 전에 난 이미 죽은 목숨이었어. 북
을 죽이고 나도 죽는다 생각하고 서경으로 갔지. 아깝진 않
았어. 군령에 따라, 제국과 맞서 싸우기 위해, 좌별초인 내
가 죽음을 무릅쓰는 건 자연스러운 일이지. 어려서부터 그렇
게 죽어가기를 갈망했는지도 몰라. 서경 부벽루에서 곧장 죽
지 않고 지하 감옥에 갇혔을 때, 적어도 오늘은 죽지 않는다

는 생각이 들었을 때…, 아청, 네 생각이 났어. 네가 간절하게 보고 싶었어. 열여섯 살이 될 때까지 거의 매일 만나면서도 이런저런 일로 보고 싶었던 적은 있었지만, 무게도 깊이도 넓이도 전혀 다른 그리움이었어. 3년 내내 널 다시 만나겠다는 꿈을 꾸며 버렸어.”

아청은 잠긴 문을 손바닥으로 쳤다. 아직 그녀는 열아홉 살 좌의 얼굴을 보지도 못한 것이다. 좌가 고백을 이어갔다.

“강화경에 내리며 깨달았어. 난 앞으로 더 위험한 임무를 맡게 되리란 걸. 목숨이 끊길 가능성도 훨씬 커. 그러니 아청 너를 사랑하지 않도록 노력해야겠다고 마음먹었어.”

아청이 참지 못하고 끼어들었다.

“나도 그랬어. 나도 그랬다고.”

“알아. 그래서 더 안 되는 거야. 우리가 지금보다 더 깊이 서로를 사랑하면, 그러다가 어느 날 문득 내가 제국과 맞서다 죽어버리면, 너 혼자 어떻게 감당하겠어. 그러니 여기서 멈춰야 해. 사랑하지 않으려 노력하는 게 옳다고.”

발소리가 들렸다. 아청이 가만히 앉아 있지 못하고, 방을 빙빙 돌기 시작한 것이다. 사랑하지 않으려 노력하겠다는 말, 그것은 아청에 대한 그리움이 그만큼 깊었다는 의미다.

그 사랑이 너무 깊어, 그녀에게 상처를 안기고 싶지 않은 마음이다. 그녀를 홀로 남기기 싫은 것이다. 이윽고 발소리가 멎었다. 아청의 목소리가 아주 가까이 들렸다. 문에 코가 닿을 만큼 가까이 다가선 것이다.

"그래서 지금 이대로 나를 여기 세워두고 문을 잠그면 될 거라고 생각해? 그러다가 문득 사라져 죽어버리겠다고? 그럼 내 삶이 달라질 거라 생각해? 이대로 네가 물러나면, 그러다가 네가 문득 죽어버리기라도 하면, 그땐 정말 난 못 견뎌. 말해봐. 날 사랑하지 않고 죽을 수 있겠어? 자신 있어? 문부터 열어. 제발!"

좌는 끝내 문을 열지 않았다. 아청을 방 안에 남겨둔 채 다른 곳으로 숨어들었다. 좌는 그날 온전하게 깨달았다. 노력해도 불가능한 일이 있다는 것을. 아청을 사랑하지 않고 죽을 자신이 없다는 사실을.

우가 선봉에 서고 남은 후군에서 따랐다. 합포에 남아 더 요양하시라 권했으나, 남은 삼별초가 궤멸되는 광경을 직접 보겠다고 했다. 어의 두 명이 남의 군선에 함께 탔고 좌우로 스무 척의 배가 호위했다. 전투가 시작되더라도 남은 가장 멀리 물러나 있을 것이며, 섬에도 가장 늦게 내릴 예정이었다. 우는 육지에서 제주로 가는 바닷길에서 후풍도(候風島. 추자도)를 먼저 점령했다. 군선 스무 척을 그 섬에 따로 남겼다. 진도에서처럼 패잔병이 다른 섬으로 달아나지 못하게 막으려는 계산이었다. 삼별초가 재기할 수 없도록 숨통을 끊을 작정이었다.

후풍도를 출발하여 바다를 건너는 동안 우는 자신의 지휘방으로 제국의 장수들과 왕국의 장수들을 모아 거듭 지도를 검토하며 전술을 점검했다. 제주에 다녀온 간자(間者)에 의하면 지키는 쪽에 유리하고 공격하는 쪽에 불리한 지형마다 성을 쌓았다고 했다. 제국의 장수들은 성 자체를 우습게 여겼다. 해전이 아니라 육전은 자신이 있다는 것이다. 왕국의 백배도 넘는 평원을 내달리며 수백 개의 성을 무너뜨렸다고도 했다. 우가 두 눈에 힘을 잔뜩 주며 경고했다.

"섬은 육지와 달리 하루에도 서너 번씩 날씨가 바뀌오. 제주처럼 큰 경우는 섬 안에서도 바람의 방향이나 세기, 구름의 양이나 색깔이 다를 때가 많소. 우린 성의 위치만 대략 알뿐이고, 하필 거기에 성을 쌓은 이유는 속속들이 알기 힘들다오. 단순히 돌을 모아 성을 쌓았다고 여긴다면 크게 당할

게요. 상륙하면 먼저 그 마을에 오랫동안 살아온 백성들을 통해 여러 정황을 확인하고 알아낼 예정이오. 그때까지 돌출 행동은 삼가시오. 내가 선봉임을 잊지 말고."

추토군이 간자를 제주에 보낸 것처럼, 삼별초도 합포를 비롯하여 개경과 서경에 간자를 심어두었다. 법민과 연결된 불제자들의 도움은 합포의 대장선을 급습한 후 끊겼지만, 그 외에도 추토군의 동정을 살피는 눈은 많았다.

4월 첫 군중회의가 열렸다. 좌도 이 회의에 참석했다. 호가 성을 쌓는 현장까지 직접 와서 거듭 청하고 아청까지 거든 결과였다. 호는 추토군이 이번 달에 제주로 건너올 예정이라는 급보를 전했다. 서경과 개경과 합포의 각각 다른 간자들이 올린 첩보였다. 무거운 침묵이 깔렸다. 추토군이 언젠가는 몰려오리라 각오했지만 여름이 시작되는 4월은 너무 갑작스러웠다. 태풍이 불어와 섬을 감싸기 전에 추토를 마치려는 것이다. 좌가 나섰다.

"내가 선봉을 맡겠소. 군선을 이끌고 바다에서 먼저 싸우겠소. 바다를 건너오느라 노 젓는 병사들이 지쳤을 게요. 추토군에게 상륙하여 쉴 시간을 허락해선 아니 되오."

호가 막아섰다.

"선봉은 내가 맡습니다. 줄곧 제주에서 군선을 이끌고 훈련
했습니다. 내 군선이 선봉을 양보한 적은 이제껏 없습니다."

선봉에 서길 부담스러워하던 호가 아니었다. 다른 장수들
도 호의 결정을 따랐다. 좌가 눈으로 호에게 물었다. 선봉이
아니라면, 내겐 어떤 일을 맡길 셈인가? 호는 오랫동안 고민
한 듯, 지휘봉으로 제주 지도를 짚어가며 설명했다.

"이 오름에서부터 장졸들을 지휘해주십시오."

좌의 목소리가 커졌다.

"거긴 해안에서 사천 보나 떨어진 곳 아니오?"

"저지선을 세 군데로 나눠 치는 겁니다. 바다에선 내가 군
선들을 이끌고 막겠습니다. 그곳이 뚫리면 해안 쪽 장성들을
여러 장수가 나누어 방어합니다. 이 선에서 추토군을 몰아낼
겁니다만, 만약을 대비해 오름에도 병사들을 배치하는 겁니
다. 거길 맡아주십시오. 성의 특징과 장단점을 가장 잘 아시
니까요."

중군도 아니고 후군을 책임지라는 것이다. 그 성들에 좌의
손때가 구석구석 묻어 있긴 했다. 반박할 기회를 주지 않으
려는 듯, 호가 서둘러 군중회의를 마쳤다. 둘만 남았을 때 좌

가 다시 목소리를 높였다.

"후군에 서라고 나를 군중회의에 불렀어?"

호가 지도 중앙에 우뚝 솟은 산을 가리키며 부탁 하나를 더했다.

"오름에서도 전세가 여의치 않으면, 그땐 한라산으로 들어가 주십시오."

"산으로 들어가라?"

"회의에 참석한 장수들은 바다나 해안 지형 정도는 파악했지만 한라산까진 모릅니다. 추토군도 한라산을 모르긴 마찬가지고요. 몰살당할 수는 없습니다. 도저히 승산이 없다 싶을 때 연락을 드리겠습니다. 그땐 병사들을 이끌고 한라산으로 피하십시오. 이건 나 혼자 생각이 아니라 장수들 모두의 뜻입니다. 회의에서 이 얘길 꺼내면 형님이 노발대발하실 것 같아 따로 말씀드리는 겁니다. 삼별초의 결정사항입니다. 군령이니 따라주십시오."

좌가 반박하려다가 잠시 숨을 고른 후 물었다.

"제주가 아닌 다른 섬이 또 있을까?"

호가 답했다.

"우린 제주까지예요. 여기까지 오는 것도 고비가 많았습니다. 그 후는 우리가 정할 능력도 없고 자격도 없습니다. 그 래도 강화경과 진도와 제주의 삼별초를 아는 장수가 한 사람 정도는 남아 있어야 한다고 봅니다. 영광은 영광대로 고통은 고통대로! 형님이 적임자입니다."

아청의 곁으로 돌아온 좌는 묵묵히 성을 쌓았다. 그녀가 군중회의에 대해 캐물었지만 적당히 얼버무렸다.

"동쪽의 끝으로 갈 군선을 합포에서 다시 만들고 있대."

"제국의 사신들이 서경에 더 내려왔다는군."

"제국으로 보내는 매의 수가 늘었다고 해."

추토군에 대해선 일절 말이 없었다.

그 저녁도 성을 쌓는 와중에 해가 졌다. 병사들과 백성들 은 서둘러 오름에서 내려갔다. 비가 추적추적 내리기 시작했 다. 좌는 등을 보이며 돌아앉았다. 아청이 물었다.

"왜 그래?"

"업혀. 신발 젖으면 안 되니까."

업히면서도 삐죽거렸다.

"감기라도 걸릴까봐? 여름 감기는 개도 안 걸린대."

말은 그렇게 해도 입가에 걸린 웃음이 따뜻했다. 좌는 서 둘러 오름을 내려가기 시작했다. 땅엔 벌써 어둠이 깔렸지만 걸음걸음 주저함이 없었다.

"오늘도 노래하느라 힘들었지?"

"돌을 백 개나 나른 사람이 누구였더라?"

좌가 옮기는 돌의 개수가 급속도로 늘었다. 3월까지만 해도 하루에 오십 개 정도였는데 4월부턴 두 배로 뛰었다. 하루 백 개는 식사도 건너뛰고 쉼 없이 일해야 겨우 닿을 숫자였다. 아청이 잠시 쉬자며 팔을 잡아끌어도 좌는 멈추지 않았다. 그녀도 여유롭게 하루하루를 보낸 것은 아니었다. 좌가 바삐 일하자 병사들과 백성들도 작업에 집중했다. 그녀는 그들을 위해 더 많은 곡을 더 크고 아름답게 불렀다. 좌의 넓은 등에 뺨을 댔다. 졸음이 밀려들었다.

아청이 깨어난 곳은 동굴 안이었다. 목이 칼칼해서 기침을 뱉은 후 좌를 찾았다.

"어디 있어?"

대답이 없었다. 등잔도 켜지 않아 어두웠다.

"좌!"

목소리가 떨렸다. 두려움이 얹혔다. 그때 좌가 아청의 손을 쥐었다. 그의 가슴에 얼굴을 묻으며 물었다.

"여긴 어디야?"

기침을 뱉을 때부터 알아차렸다. 소리의 울림이 달랐던 것이다. 동굴은 더 작았고 습기는 더 많았다.

"기분을 좀 냈어. 제주에 동굴이 수백수천 갠데, 한 군데만 머무는 건 심심하기도 하고."

"미리 말을 하지?"

"오름을 내려오면서 설명했는데, 못 들었어?"

"얘길 했다고? 잤나봐."

"내일 아침에 다시 말해줄게."

그리고 등잔을 켰다. 좌가 나무상자를 내밀었다. 아청이 품에 안으며 물었다.

"뭐야 이게?"

"미안해."

"선물을 주며 미안하다는 사람은 너뿐일 거야."

"미안해."

아청이 천천히 상자 뚜껑을 열었다. 그리고 양손을 집어넣었다. 앞뒤로 나무판을 덧댄 종이 묶음이 나왔다. 그녀가 천천히 나무판을 넘겼다. 좌가 등잔을 가까이 댔다. 첫 장을 내려다보던 그녀의 두 눈이 젖어들었다.

"아빠 필체야."

"미안해. 만여 장 중 채 백 장도 거두지 못했어. 내 잘못…."

아청이 말허리를 자르며, 소리 내어 첫 장을 읽었다.

사랑노래가 따로 있는 것이 아니다.

그리워하며 부르는 노래는 모두 사랑노래다.

그녀가 좌의 품을 파고들었다. 그리고 깊고 긴 입맞춤을 했다.

"몽땅 다 잃어버린 줄 알았어. 다신 이 필체를 보지 못할 거라 여겼거든. 위험하지 않았어? 군선은 침몰하고 화살이 빗발치던 바다에서 이걸 건졌던 거야?"

"널 지켜야 했어. 만 장의 노래를 지켜야 했어. 부끄러워. 미안해."

"아냐아냐. 이제부턴 미안하단 소리 하지 마. 네 덕분에 난 다시 시작할 수 있게 되었어. 천 장 혹은 만 장이 있다면 좋겠지만, 이것만으로도 왕국의 노래를 새롭게 변화시켜 나갈 기초는 돼. 노래 뭉치가 전부 사라졌다 여겼기에 한 걸음도 내딛지 못했어. 내디딜 용기조차 사라졌었어. 고마워. 이거면 충분해."

너무 감격한 탓인지, 아청이 기침을 해댔다. 좌가 그녀의 손을 잡고 더 깊숙이 들어갔다. 물 흐르는 소리가 졸졸졸 들려왔다.

"이건?"

소리에 민감한 아청이 물었다. 좌가 고개를 끄덕였다. 동굴 안에 샘처럼 물이 솟아나 흘렀다. 지금까지 머물던 동굴엔 물이 없어서 따로 나무 물통에 떠와야 했다. 좌가 시범을 보이듯 손 움큼으로 떠먹었다. 아청도 따라했다. 냉수가 목을 타고 내려가 몸 구석구석까지 시원하게 퍼졌다. 여름 더위가 순식간에 사라졌다. 좌가 물었다.

"차 한 잔 마실까?"

아청의 눈이 커졌다. 동굴엔 모닥불을 피울 마른 짚단과 잘게 자른 장작이 있었다. 좌가 불을 피우고 쇠로 만든 물통에 냉수를 채워 그 위에 걸었다. 물이 끓자 허리춤에 찬 주머니에서 잎을 꺼내 넣었다. 아청은 그가 건넨 차를 천천히 한 모금 마셨다. 달달하고 따듯한 기운이 온몸으로 번져나갔다. 피곤이 말끔히 가시는 기분이었다.

"어때, 맛이?"

좌가 물었다.

"포근한 이불을 덮는 기분! 무슨 차야?"

"한라산엔 육지에서는 자라지 않는 나무와 풀들이 많아. 그 중에서는 탁월한 효능을 지닌 것도 있지. 배웠어. 장태라고, 하루도 빠지지 않고 성을 쌓으러 나오는 아이한테서."

아청도 장태를 기억해냈다.

"아! 무당 할머니와 단둘이 산다던? 그 할머니가 모시는 신이 셋이나 된다고 자랑했었지?"

"맞아."

"다음에 만나면 덕분에 맛있는 차 잘 마셨다고 인사를 해야겠네."

"짧더라도 장태를 위해 노래 한 소절만 불러줘. 그 애가 네 노래를 세상에서 제일 좋아한대."

"그럴게."

"고마워."

"고맙다는 말 미안하다는 말 오늘따라 참 많이 하네."

"그랬나, 내가?"

"그랬어. 이제부턴 내가 그 말 할래. 그동안 미안했어요! 참 고맙습니다!"

좌가 말없이 눈으로 웃었다. 아청이 품으로 파고들며 불쑥

물었다.

"이 섬엔 동굴이 몇 개나 더 있어?"

"가보고 싶어?"

"응."

"하루에 하나씩 가더라도 천 일은 걸릴 걸."

"천 개나 있다고…?"

"좀 많지?"

"적당하네. 천 개의 동굴에서 천 일의 밤을 보내겠다고 약속해줘."

"알았어. 좁고 험한 곳도 있을 거야."

"괜찮아."

"뱀이나 쥐가 나올지도 몰라."

"네가 쫓을 거잖아?"

"천 개의 동굴을 모두 구경한 후엔 하얀 사슴을 보러 가자."

"하얀 사슴?"

"한라산에서 딱 한 번 본 적이 있어. 눈 내리고 안개 자욱한 날이었는데, 정말 눈처럼 하얀 사슴이 지나갔지. 행운을 몰아다 주는 영물이래."

"좋아. 하얀 사슴을 보러 가자."

"발견하면 네가 노래를 부르는 거야."

"노랠 듣자마자 사슴이 달아나지 않을까?"

"네 노랜 달라. 하얀 사슴도 감동할 거야. 오히려 더 노래 해달라며 다가올지도 몰라. 꼭 같이 가."

아청이 고개를 끄덕이며 웃었다. 좌는 그녀의 머리카락을 매만지다가 입을 맞췄다. 그리고 둘은 사랑을 나눴다. 둘이 머물 수만 있다면 어떤 동굴도 상관없었다.

얼마나 시간이 흘렀을까.

아청은 서늘한 기분에 눈을 떴다. 좌가 옆에 없었다. 그는 가끔 먼저 깨어 새벽 산책을 다녀오곤 했었다. 빈자리를 더듬던 그녀의 손이 바빠졌다. 불길했다.

"좌!"

불러도 답이 없었다.

"어디 있어?"

마찬가지였다.

아청은 등잔을 들고 일어나 동굴 출구를 찾아 걸었다. 담벼락처럼 거대한 바위가 앞을 막았다. 돌아서서 걷는 걸음이 빨라졌다. 반대쪽도 막히긴 마찬가지였다. 동굴 벽을 샅샅이 더듬었지만 출구가 보이지 않았다. 빛도 스며들지 않았다.

"좌! 어디 간 거야? 날 여기에 남겨두고 대체 어디로. 좌! 어디 있어? 좌!"

울부짖었다. 아청의 목소리가 동굴 안을 가득 채워 울렸지만 답은 없었다. 발버둥을 치는데, 발끝에 무엇인가가 걸렸다. 등잔을 내려 비춰보았다. 쌀이 가득 담긴 나무통이었다.

호가 이끄는 삼별초 군선들은 추토 대선단에 밀렸다. 용맹하게 맞서 싸웠으나 일만 명이 승선한 선단을 상대하기엔 역부족이었다. 동쪽의 끝으로 건너가기 위해 우가 설계한 군선들이 삼별초 군선들을 궁지로 몰았다. 더 크고 더 무거우면서도 더 빨랐다.

호는 해진을 포기하고 제주 해안으로 물러났다. 해안을 따라 늘어선 성으로 향하며 연락용 매를 날렸다. 좌는 매가 비보를 전하기도 전에 기울어진 전세를 알아차렸다. 오름에 서서 해안을 살폈던 것이다. 후퇴하며 다치거나 죽는 병사들 대부분이 삼별초였다. 호가 날린 매가 쇠가죽을 두른 좌의 팔뚝에 앉았다. 매의 발에 묶인 쪽지를 폈다. '山'! 단 한 글자였다. 오름의 성도 포기하고 속히 한라산으로 피하라는 군령이었다. 좌가 피하는 동안 호와 남은 장졸들은 해안의 성에서 시간을 벌기 위해 목숨 걸고 싸울 것이다. 그들의 죽음을 헛되게 할 수는 없었다.

"이동한다. 따르라!"

좌는 병사들을 이끌고 한라산으로 향했다. 이제 막 스무 살 즈음인 어린 병사들이었다. 호는 삼별초의 미래를 그들에게 뒀다. 추토군에게 포위당하더라도 한라산에서 버텨 삼별초를 부활시키기를 바란 것이다.

좌는 선두에서 길라잡이를 섰다. 길이 없는 것처럼 보이는 길로만 움직였다. 초여름, 풀과 나무들이 무성하니 은신하기 좋은 계절이었다. 호는 좌에게 끝까지 병사들과 함께 해달라고 했다. 그러나 좌의 생각은 달랐다. 숲과 마른 계곡을 셋이나 지난 후, 좌는 처음으로 멈췄다. 헉헉대는 어린 병사들을 향해 명령했다.

"들으라! 지금부터는 2인 1조로 흩어져라. 추토군과 대적하겠다는 생각은 머리에서 지워라. 어떻게든 살아남아야 한다. 숨고 또 숨어 때를 기다려라."

병사들은 쉽게 설득되지 않았다. 너도 나도 일어서서 반발했다. 바다에서 해안에서 다치고 죽은 전우들처럼, 싸우다가 죽게 해달라고 애원했다. 어린 병사들에게 삶은 치욕이요 죽음은 명예였다. 좌가 다시 말했다.

"싸워 이길 가능성이 백 중 하나라도 있다면 나부터 돌진했을 것이다. 그러나 오늘은 애석하게도 백이면 백 우리가 지는 날이다. 백이면 백 질 줄 알면서 전멸의 길을 가겠다? 바다에서 해안에서 죽은 병사들이 그걸 바랄 거라고 생각하나? 아니다. 그들은 여러분이 단 한 명이라도 살아 삼별초의 긍지를 이어가길 원한다. 그러기 위해서는 우선 여러분 자신의 목숨을 중히 다뤄야 한다. 여러분을 살리는 것은 나도 아니고 여러분도 아니다. 바로 이 거대한 산이 여러분의 소중한 은신처다. 그러니 나서지 말고 물러서라. 숨어 훗날을 기다려라. 가라!"

병사들이 눈물을 쏟으며 숲으로 흩어졌다.

좌는 병사들이 떠난 숲의 반대쪽 계곡을 향해 달렸다. 숲으로 숨는 대신 멀리서도 잘 보이는 자리를 택했다. 풀과 나무가 없는 능선에 오래 서 있기도 했다. 좌는 알고 있었다. 추토 대선단이 가장 먼저 척살하려는 삼별초 장수가 곧 좌자신임을. 좌는 합포 대장선을 급습하여 남에게 치명적인 화상을 입힌 장본인이었다. 좌가 남에게 불세례를 주고 아청과 함께 달아나는 것을 우는 똑똑히 보았다. 좌의 목에 두둑한 현상금이 붙었을 수도 있었다. 어린 병사들과 함께 숨으면, 남은 일만 명의 추토군을 풀어 한라산을 이 잡듯 뒤질 것이다. 추토군이 제주로 몰려온다는 비보와 함께 호가 어린 병사들을 맡아달라 부탁했을 때, 좌는 세 가지 결정을 내렸다. 먼저 아청을 동굴에 숨긴다. 그리고 어린 병사들을 숲으로 이끈다. 그 다음 병사들이 숨을 시간을 벌기 위해 홀로 추토군을 유인한 후 맞선다.

해안의 장성을 무너뜨리고 오름의 성까지 부순 추토군이 진군하는 것이 보였다. 좌는 그들을 기다렸다.

아청!

동굴에 숨긴 아청이 떠올랐다. 물과 불과 식량을 충분히 넣어뒀고 출구를 바위로 가렸으니 적어도 석 달은 버틸 것이다. 석 달이면 가을이 올 테고, 석 달이면 추토군도 대부분 물러가리라. 그녀의 잔에 깊은 잠에 빠지는 잎을 넣을 수밖에 없었다. 살아도 함께 살고 죽어도 함께 죽자던 그녀였다. 함께 사는 길이 있다면, 그 길을 갔을 것이다.

아청! 미안해. 나는 여기서 죽는 게 옳지만, 당신은 달라. 당신은 살아서 연주하고 노래해. 당신 노래를 원하는 이들 곁에 머물며 위로가 되어줘. 희망이 되어줘. 나는 반드시 당신을 살릴 거야. 그게 내가 당신을 사랑하는 방식이야. 그러니 제발, 마음 단단히 먹고, 살아남아!

좌는 왼손을 펴 내려다보았다. 그 손으로 코와 입을 덮고 깊이 숨을 들이켰다. 아청의 체취가 남아 있었다. 잠들기 전 그녀는 항상 머리를 매만져달라고 했다. 이제 다시 보지도 듣지도 못하는 지경에 이르렀으나 좌는 충분히 아청을 느꼈다. 들숨마다 그녀가 몸속으로 들어와 구석구석 머물렀다.

좌는 열여섯 살에 서경에서 북을 죽였고, 그때부터 아청을 마음에 두지 않으려 노력했다. 군령에 따라 어느 날 갑자기 목숨을 바쳐야 하는 것이 삼별초의 삶이었다. 그러나 좌는 열아홉 살에 아청과 재회한 후 처음이자 마지막으로 자신의 결심을 고쳤다. 내 생이 짧게 끝나더라도, 사랑하지 않을 수 없는 여인이었다. 결심을 고치며 좌는 새로운 결심을 하나 더했다. 아청을 위해 최선을 다할 것. 살아 함께 할 때나 자신이 죽어 스러진 후에도, 좌는 아청이 아청답게 살아가기를 바랐다. 그녀에게까지 군령에 목숨을 바치는 무인의 그림자를 드리우고 싶지 않았다.

아청은 저 한라산처럼 우뚝 노래해야 하리라. 아청은 섬 하나 없는 저 바다처럼 그윽하게 연주해야 하리라. 아청은 바다에서 한라산까지 오가는 구름처럼 바람처럼 새처럼 자유로워야 하리라. 노래하는 돌, 노래하는 잎사귀, 노래하는 별, 노래하는 꽃.

좌가 있는 능선에 가장 먼저 도착한 이는 추토군 선봉장 우였다. 우는 허리춤에 차고 있던 호의 잘린 머리를 좌의 발앞에 던졌다.

"꿇어! 삼별초 장수들을 다 베고 너만 남았다."

좌가 호의 머리를 내려다보며 중얼거렸다.

"널 많이 따랐지. 호와 우, 너희 둘은 기질이 비슷했어. 늘 이기려 들었으며 지치지 않고 밀어붙였거든."

"닥쳐! 그딴 헛소리 늘어놓을 때가 아냐. 다 끝났어. 순순히 오라를 받는다면 단번에 끝내주마."

"날 이겼다고 생각해?"

좌는 여전히 담담했다. 우는 이 상황에서도 제 감정을 표정에 드러내지 않는, 좌의 그 턱없는 자신감이 싫었다.

"어디에 감췄지?"

남의 군령이 추토군 전부에게 거듭 내려갔다. 아청을 발견하면 반드시 생포하라! 바다에서도 해안에서도 오름에서도 찾았다는 보고는 아직 없었다. 병사들이 포로로 잡은 여인들 얼굴을 하나하나 확인했지만 헛수고였다. 우는 좌가 그녀와 함께 있으리라 여겼다. 그러나 한라산 능선에서 기다리는 좌는 혼자였다.

"넌 날 못 이겨."

좌는 우의 질문을 무시한 채 하고 싶은 말만 했다. 우를 따르던 추토군 병사들이 도착했다. 추토군 중에서도 발이 빠른 이들이었다. 후군에 속한 남은 이제 겨우 해안의 성들을 지나치는 중이었다. 현상금이 붙은 좌를 향해 달려드는 병사들을 우가 막았다.

"멈춰! 그대로 있어. 승부가 날 때까지는 방해하지 마라. 끼어드는 놈은 내가 먼저 베겠다."

추토군 병사들은 좌와 우를 둘러쌌다.

우가 장검을 고쳐 쥐며 좌에게 말했다.

"넌 처음부터 내 상대가 아니었어. 한 번이라도 나와 제대로 겨뤄 이긴 적이 있나?"

"겨뤘다고 생각해?"

좌의 입가에 설핏 미소가 떠올랐다. 그것이 우를 못 견딜 만큼 화나게 했다.

"끝까지 이딴 식으로 나올래?"

"오늘 처음으로 결판이 나겠지."

대결이 시작되었다. 좌와 우는 검을 들고 맞섰다. 나아오면 물러서고 물러서면 나아갔다. 아래를 베면 위로 피하고 위를 베면 아래로 굴렀다. 뻗으면 움츠리고 움츠리면 뻗었다. 두 사람의 검이 서로를 향해 날아들 때마다 구경하는 추토군 병사들의 눈과 입은 놀라움으로 가득 찼다. 격렬하면서도 우아하고 차가우면서도 부드러웠다. 손과 발과 온몸을 움직여 아슬아슬하게 칼날을 피했다. 멀리서 보면 목숨을 건 결투라기보다 멋들어진 쌍검무를 추고 있다는 착각이 들 정도였다. 아름다웠다. 다만 검무에 꼭 필요한 음악이 없었다. 좌도 우도 검과 함께 움직이며 느꼈다. 아청의 거문고가 없고 아청의 노래가 없고, 아청이 없구나!

좌와 우의 가쁜 숨소리와 발소리가 그 부재를 메웠다. 둘은 어려서부터 알았다. 검무는 그들에게 놀이일 뿐만 아니라 대결이었다. 상대의 목숨을 앗는 대결은 아니지만, 상대의 실력을 가늠하고 스스로를 반성하는 방편이었다. 검무를 마친 밤 잠들기 전 좌도 우도 생각했다. 진검승부였다면?

우는 늘 하던 대로 검을 휘둘렀지만, 좌는 다른 동작을 선보였다. 우가 밀어붙이면 물러서던 좌였는데, 맞받아치며 힘으로 버틴 것이다. 우는 변함없는 우였고, 좌는 좌에 우를 합친 듯했다. 우는 더 이상 좌를 예측하기 어려운 반면 좌는 우의 다음 동작을 대부분 파악했다. 우는 멈칫거렸고, 검을 잡은 후 처음으로 물러나기까지 했다. 구경하는 추토군의 표정이 심각해졌다. 당장 좌에게 달려들고 싶지만 우의 엄명 때문에 움직일 수도 없었다.

좌가 연속으로 검을 열 번이나 휘두르며 몰아세웠다. 피하고 피하던 우는 어느 순간 균형을 잃고 엉덩방아를 찧으며 쓰러졌다. 손에 들었던 장검도 저만치 떨어졌다. 우가 고개를 든 채 좌를 올려다보았다. 좌는 장검을 천천히 머리 위로 들어올렸다. 그 검을 내리그으면 우의 목이 잘리는 것이다. 우가 분노에 찬 목소리로 물었다.

"또 숨긴 게 뭐야? 난 네게 다 보여줬는데."

장검을 쥔 좌의 손에 힘이 들어갔다. 그러나 우를 향해 검을 내리긋지 않았다. 그의 눈에 능선을 올라오는 남과 제국의 장수들이 보였다. 좌는 왼쪽으로 검은 눈동자를 굴린 뒤 같은 방향으로 검을 그었다. 우는 오른쪽으로 몸을 굴려 아슬아슬하게 칼날을 피한 뒤 장검을 집어들고 좌의 가슴을 찔렀다. 좌가 검을 떨어뜨렸다.

칼날이 깊이 들어갈수록, 좌와 우는 서로를 끌어안은 꼴이 되었다. 우의 어깨가 파르르 떨리고 얼굴이 일그러졌다. 좌의 급소를 찔러 이겼다는 기쁨은 어디에도 없었다. 비뚤어진 입과 주름진 이마에는 고통과 슬픔만 어른거렸다. 우가 이긴 것이 아니었다. 좌 스스로 죽음을 택했다. 창백하게 미소 짓는 좌를 노려보며 우는 울부짖듯 말을 쏟아냈다.

"넌 끝까지 비겁하구나. 이렇게 또 나를 이용하는구나. 이런 식으로 가겠다고? 덮어버리겠다고?"

좌가 눈을 가늘게 뜨며 입술을 달싹였다.

"난…, 지지 않아."

좌의 두 무릎이 휘청대며 꺾였다. 우가 좌의 옆구리에 손을 넣어 흔들며 다급하게 소리쳤다.

"야, 정신 차려! 정신 차리라고. 어디에 감췄어? 아청을 어디에 감췄느냐고?"

좌의 턱이 가늘게 떨리다가 푹 꺾였다.

남이 도착하기 전에, 우는 좌의 목을 베어 호의 것과 함께 바쳤다. 남은 합포를 급습해 자신에게 화상을 입힌 삼별초 두 장수의 잘린 머리를 눈싸움하듯 노려보았다. 그러다 이내 지루한 듯 우에게 시선을 옮겼다.

"아청은?"

"아직, 찾지 못했습니다."

"뭐라고? 바로 저놈이 합포 대장선에서 아청을 납치하지 않았나?"

"맞습니다."

"무슨 짓을 한 거야? 죽이기 전에 확인했어야지."

"그게….."

죽은 자는 말이 없었다. 영원한 비밀. 좌는 자신의 목숨을 내놓으며 이걸 지켰다. 우는 무릎을 꿇고 엎드렸다. 남이 두 눈을 찌르자 불타 없어진 눈썹 자리에 벌겋게 피가 몰렸다. 짓뭉개진 코에서 진물이 흘러내렸다. 오른팔을 들어 검지를 접었다. 우가 무릎걸음으로 나아가 다시 엎드렸다. 남은 좌의 피가 선연하게 묻어 있는 우의 장검을 빼앗듯 쥐고는 우의 턱에 칼끝을 댔다.

"찾아. 그녀를 내 앞에 산 채로 데려오지 않으면, 네놈도 저 두 역도처럼 해주지."

석 달이 흘렀다. 가을이 왔다.

제국의 병사 오백 명과 왕국의 병사 천 명이 남아 해안에서부터 한라산까지 수색을 하면서 삼별초 잔당들을 색출했다. 그중에는 한라산에 숨었던 어린 병사들도 있었고, 삼별초와 무관한 섬사람들도 있었다. 제국의 장수들은 포로들을 나눠 가졌다. 다치거나 병든 이들은 죽이고, 성한 사람은 배에 태워 육지로 데려갔다. 거기서 또 굴비 엮듯 묶어 제국으로 끌고 갈 계획이었다.

석 달 사이 추토군 대부분이 제주를 떠났다. 좌가 죽고 한 달 뒤 남이 승선했다. 한 달 동안 매일 우의 보고를 받으며 아청을 찾아내라 호통을 쳐댈 때는 제주에서 곧장 동쪽의 끝으로 출정하는 것이 아닐까 하는 생각까지 들었다. 하지만 여름 더위가 제주를 본격적으로 감싸자 남은 기력이 쇠약해졌다. 숨이 가빠 제대로 걷지도 못했다. 합포로 옮겨 치료를 하고, 거기서도 차도가 없다면 개경으로 올라가기로 했다. 제국의 병사 오백 명과 함께 떠나는 날 남이 우를 불렀다.

"찾기 전엔 돌아오지 마."

우는 그 명령이 오히려 고마웠다. 아청을 찾기 전에는 이 섬을 떠날 생각이 없었다. 물론 그녀를 찾는다면 결코 남에게 데려가지 않을 것이다. 우는 그녀를 더 깊이 숨긴 후 혼자만 사랑하리라 다짐하고 다짐했다. 석 달 간 왕국의 병사 천 명과 함께 제주를 샅샅이 뒤졌지만, 아청의 흔적은 어디에도 없었다.

가을바람과 함께 한라산은 더 풍성해졌다. 공활한 하늘 아래 열매를 맺기 시작한 나무들이 가지를 늘어뜨렸다. 마지막 추토군 천 명도 군선에 올라 제주를 떠났다는 소식이 퍼졌다. 섬 사람들은 그제야 안도의 한숨을 길게 내쉬었다.

일곱 살 장태는 이른 아침부터 집을 나섰다. 무당 할머니는 하나뿐인 손자의 아침상을 내온 뒤 당집에서 옅은 잠에 빠졌다. 할머니는 삼별초가 진압된 후 더 이상 굿판을 벌이지 않았다. 아침을 먹자마자 낮잠에 드는 날이 늘었다. 할머니는 스스로 고립되었지만, 장태는 아이들과 떼로 몰려다니며 놀았다. 한라산 숲 전체가 장태에겐 놀이터였다. 가끔 삼별초 병사들의 시신이 바위나 나무 등걸에서 발견되는 바람에 놀라기도 했지만, 숲에서 친구들과 함께 노는 재미를 막지는 못했다. 그러나 그 날은 장태 혼자였다. 사람들이 사는 마을 쪽으로는 처음부터 눈길을 주지 않았다. 숲을 세 개 지나고 마른 계곡을 두 개나 건넌 후에야 멈춰섰다. 바위들이 유난히 많은 계곡으로 이어진 숲이었다. 워낙 돌이 많아서 한라산 숲길에 익숙한 장태도 걷기가 쉽지 않았다.

짐승의 등뼈처럼 튀어나온 바위들이 잇달아 있는 곳에 닿았다. 승천하다 떨어져 죽은 용의 등뼈라고도 했다. 장태는 꼬리 부근 바위로 곧장 갔다. 꼬리라고 해도 장태보다 다섯 배는 더 컸다. 뼈마디처럼 일렬로 선 바위와 바위 사이 틈으로 들어갔다. 어른은 통과하기 힘든 틈이지만 장태에겐 어려움이 없었다. 틈 안 공간은 발을 뻗을 정도로 제법 넓고 아늑했다. 장태는 바위 밑으로 손을 넣었다. 호미와 밧줄이 잡혔다. 밧줄을 당기자 팽팽해졌다. 바위 옆에 큰 못을 박고, 거기에 밧줄을 묶어둔 것이다. 장태는 호미로 흙을 파기 시작했다. 장난 삼아 파는 것이 아니라, 파야 할 곳을 미리 아는 듯 주저하지 않았다. 호미 끝에서 탁탁 소리가 났다. 정사각형 나무판이었다. 장태는 흙을 털고 나무판을 걷어냈다. 밑은 동굴이었다. 장태가 어둠에 머리를 반만 넣고 물었다.

"거기, 있어요?"

기다렸지만 답이 없었다. 다시 물었다.

"아무도 없어요?"

"…누군가요, 당신은?"

동굴 속에서 여자 목소리가 들렸다. 장태가 기다렸다는 듯 답했다.

"장태예요."

"장태…, 장태라고?"

그 이름을 기억해낸 듯 목소리가 커졌다.

"네가 정말 장태니? 할머니가 무당이고?"

"맞아요. 밧줄을 내려드릴게요."

어둠 속으로 내려간 밧줄이 곧 팽팽해졌다. 먼저 올라온 것은 나무상자였다. 좌가 동굴에서 건넨 노래 뭉치가 담겨 있었다. 석 달 동안 그 노래들을 읽고 익히고 외우고 부르며 지냈다. 그것들이 없었다면 더 오래 울고 더 많이 절망했을 것이다. 징태가 나무상자를 땅에 놓고는 다시 밧줄을 내렸다. 아청이 밧줄을 타고 올라 동굴 밖으로 나왔다.

아청은 장태에게서 석 달 전 이야기를 들었다. 믿을 수 없었다. 그녀만 두고 좌는 이미 죽었다고 했다. 좌뿐만 아니라 삼별초 병사들 대부분이 세상을 떠났다. 삼별초가 진압되기 전날, 좌가 따로 장태를 불러 밀명을 내렸다. 석 달 뒤 동굴로 가서 아청을 구하라고. 장태는 추토군이 모두 제주를 떠났다고 알렸다. 오늘은 자신의 집으로 가서 쉬자고도 했다. 할머니가 그녀를 위해 닭을 잡고 기다리는 중이라고 덧붙였다. 아청은 장태의 머리를 쓰다듬은 후 물었다.

"내 노랠 좋아한다며? 지금도 좋아해?"

장태가 고개를 끄덕였다.

"그럼 내가 노랠 한 소절 불러줄게. 널 위해서."

신이 난 장태가 빙글빙글 맴을 돌았다. 아청이 노래했다.

서창을 열어젖히니 복숭아꽃 피어나네

복숭아꽃은 근심 없이 봄바람에 웃네.

장태가 이해하기 어렵다는 듯 말했다.

"지금은 가을이에요. 복숭아꽃은 벌써 졌고, 복숭아도 다 따먹었죠."

아청이 쓸쓸히 웃었다.

"그렇구나. 가을! 꽃도 열매도 없는 가을이구나."

나무상자를 품에 안고 그녀는 홀로 산을 내려갔다.

삼별초가 장성을 쌓고 군영을 설치했던 해안 절벽에서 아청이 노래를 부르고 있다는 풍문이 삽시간에 번졌다. 사내 하나가 마을을 벗어나 미친 듯이 절벽을 향해 말을 달렸다. 우였다. 추토군의 마지막 병사 천 명을 돌려보낸 뒤 홀로 남았던 것이다. 제주는 천 명의 병사로 훑기에는 너무 큰 섬이었다. 우는 작전을 바꿨다. 추토군이 모두 제주를 떠나면, 그 때 아청이 은신처에서 나오지 않을까. 추토군을 승선시키고 우도 함께 군선을 타고 떠났다가 밤에 몰래 섬으로 돌아왔다. 그리고 미리 봐두었던, 삼별초를 도왔다는 이유로 일가족이 몰살당하고 텅 빈 집에 숨어 기다렸다.

늦여름의 기운이 가시지 않았지만 우는 한기(寒氣)에 시달렸다. 친구인 좌에게도 지고 사랑하는 아청에게도 진 셈이었다. 인생에서 가장 쓰라린 두 가지 패배를 떠올리면 잠이 달아나고 눈밭을 뒹굴듯 온몸이 덜덜 떨렸다. 하나만이라도 이기고 싶었다. 제국의 발아래 무릎 꿇으면서까지 새로 만든 희망의 길을 여기서 포기할 수는 없었다.

노래가 먼저 우의 귀에 닿았다. 온몸에 전율이 일었다. 분명했다. 높고 곱고 맑고 단단한, 석 달 동안 찾아헤맨, 방상 으뜸 가인의 목소리였다.

"아청!"

말에서 내려 달렸다. 절벽에 선 아청이 노래를 멈추고 팔을 들어 우를 가리켰다.

"거기 서. 더 다가오면…."

우가 걸음을 멈추었다. 아청은 다시 노래하기 시작했다. 머리를 풀어헤치고 바닷바람을 맞으며 맨발로 목청을 높였다. 강화경에서 안면소 앞바다에서 진도에서 합포에서 그리고 제주에서, 그동안 불렀던 노래를 하나하나 불러나갔다. 노래를 부를 때마다 그녀의 자세와 표정과 목소리가 바뀌었다. 행복한 노래는 더 행복하고 아픈 노래는 더 아프고 쓸쓸한 노래는 더 쓸쓸했다. 그녀는 옆에 내려놓은 나무상자를 열고 노래 뭉치를 집어들었다. 절벽 아래로 종이들을 한 장 한 장 흩뿌리며 노래를 이었다.

우는 깨달았다. 이 노래는 그녀 앞에 선 우를 위한 노래가 아니었다. 이것은 그녀 앞에서 사라진, 석 달 전에 죽은 좌를 위한 노래. 그녀는 좌가 특히 좋아했던 노래를 좌가 좋아하는 방식으로 부르고 있었다. 〈서경별곡〉〈가시리〉〈정석가〉〈청산별곡〉〈한림별곡〉을 지나 〈만전춘별사〉의 마지막 연에 이르렀다.

아, 님이여! 평생토록 여읠 줄 모르고 지내어요.

아청은 이미 좌를 잃었다. 좌를 잃었는데, 잃어버린 그 님을 평생 잃지 않겠다고 노래하는 것이다. 별사(別辭)였다. 이별의 노래. 이별을 하고도 평생토록 님을 잃지 않겠다고, 아청보다도 훨씬 전에 강화경에서 누군가 노래한 것이다.

노래를 마친 아청의 얼굴이 이상하리만치 평온했다. 남녀가 만나 사랑의 맹세를 하고 함께 살더라도 언젠가는 사별하게 마련이다. 사별은 사랑하는 두 사람의 완전한 결별이라고 착각하기 쉽다. 별사는 죽음조차 넘어서는 완전한 사랑을 노래하고 있었다. 이승에서 하나이듯 저승에서도 당신과 나는 한 마음이다. 아청이 천천히 바다를 보며 걸음을 뗐다. 한 걸음 한 걸음 또 한 걸음을 디디자 절벽의 끝이었다.

고개를 돌려 턱을 들었다. 푸른 하늘 아래 우뚝 솟은 한라산이 보였다. 천 개의 동굴을 구경한 다음 그 산에서 단둘이 살 날을 간절히 바랐다. 그녀는 노래하고 그는 춤을 추면서. 그녀가 춤을 추고 그가 노래를 하면서. 좁쌀보다 더 작게 서로를 평하고 우주보다 더 크게 서로를 품으면서. 어제도 좋았지만 오늘은 더 좋았고 내일은 더욱 더 좋을 것이라면서. 이 춤과 노래의 끝을 그들이 상상할 수 있는 가장 먼 곳으로 미뤄두려 했다. 영원이었다.

발자국 소리가 들렸다. 타다닥 타다닥. 사람의 발소리가 아니었다. 네 발 짐승의 발소리였다. 그 소리의 주인공이 한라산 정상에서부터 중산간을 지나 숲을 나와서 오름을 열두 개나 넘어 그녀가 있는 절벽을 향해 달렸다. 하얀 사슴. 백록(白鹿)이었다. 백 년에 한 번 볼까 말까 하다는, 길하디 길한 짐승. 좌가 꼭 함께 만나러 가자고 했던 영물!

백록은 아청의 머리 위로 힘껏 도약하여 날았다. 아청의 시선이 자연스럽게 하늘을 향했다가 바다로 뻗었다. 하늘에 맞닿은 바다의 수평선이 눈에 가득했다. 백록이 달려간 허공에 그리운 사람의 얼굴이 해처럼 빛났다. 백록을 따라 이제 좌를 만날 시간이었다.

"안 돼!"

우가 고함을 지르며 달려왔다. 그의 걸음보다 아청의 간절함이 빨랐다. 그녀의 몸이 물보라를 일으키는 파도로 떨어졌다. 우 역시 달려가는 속도를 줄이지 않고 절벽으로 몸을 날렸다. 수면으로 나온 우가 사방을 둘러보며 외쳤다.

"아청! 어디 있어? 아청!"

아청의 머리가 수면으로 떠오르는가 싶더니 바다 속으로 사라졌다. 우는 그녀가 떠올랐던 데까지 헤엄쳐 잠수했다. 수면으로 나왔다가 내려가고 또 수면으로 나왔다가 내려갔다. 그러나 아청은 없었다. 그녀가 흩뿌린 종이들만 너울너울 떠돌았다.

하얗게 부서지는 파도 소리가 사랑 노래를 대신했다.

가시리

첫판 1쇄 펴낸날 2017년 11월 25일

지은이 | 선유
펴낸이 | 지평님
본문 조판 | 성인기획 (010)2569-9616
종이 공급 | 화인페이퍼 (02)338-2074
인쇄 | 효성프린원 (031)904-3600
제본 | 서정바인텍 (031)942-6006
후가공 | 이지앤비 (031)932-8755

펴낸곳 | 황소자리 출판사
출판등록 | 2003년 7월 4일 제2003-123호
주소 | 서울시 영등포구 양평로 21길 26 선유도역 1차 IS비즈타워 706호 (150-105)
대표전화 | (02)720-7542 팩시밀리 | (02)723-5467
E-mail | candide1968@hanmail.net

ISBN 979-11-85093-62-8 03810